銀河叢書

ミス・ダニエルズの追想

小沼丹

幻戯書房

目次

III

装幀　緒方修一

ミス・ダニエルズの追想

本書は、未知谷刊『小沼丹全集』全五冊に未収録の著者の作品の内、随筆を中心に収録したものです。

各章は基本的に、I＝自伝的回想および恩師にまつわる作品、II＝庭および小動物にまつわる作品、III＝そのほか日常にまつわる作品、IV＝旅にまつわる作品、として構成しています。

各作品の表記については、著者特有の表記法に関し一部統一を行ない、全体を新字体・歴史的仮名遣いに揃えた他は、原則的に初出に従いました。また、明らかな誤記や脱字などを訂正した箇所があります。

本文中、今日では不適切と思われる表現がありますが、原文が書かれた時代背景や、著者が故人である事情に鑑み、そのままとしました。

I

一番星

子供のころ、千曲川《ちくまがは》沿ひの小さな村に半年ばかりゐたことがある。どんな事情だつたのか忘れてしまつたが、その小さな村の叔父の家に預けられた。多分、小学校二、三年のころだつたと思ふが、遊んでゐる訳には行かないから村の小学校に入れられて半年ばかり通つた。叔父に連れられて始めて村の小学校に行つたら、秋風の吹く運動場にゐた子供たちが一斉に此方を見てたいへん恥づかしかつた。みんな、男の子も女の子も筒袖の着物を着てゐて、洋服を着てゐるのは一人もゐない。洋服を着た見馴れぬ奴が来たので、珍しかつたのだらう。校長室に入つて、叔父は校長と何か話をした。甥をよろしく、と頼んだのだと思ふが、何だかずゐぶん長いこと話してゐたから、あるいは世間話でもしてゐたのかもしれない。校長がどんな顔をしてゐたか、さつぱり想ひ出せない。叔父が帰りがけに、

——まあ、客分扱ひにしてくれりやいいだ……。

と云つたら校長は、

——ああ、いいだ、いいだ。お客さんと云ふことにして置くだ。なあ……。

と笑つて僕の頭を撫でてくれたのを憶えてゐる。「お客さん」と云ふのがどう云ふことか知らなかつたが、その小学校にゐた間、一度も当てられたことがなかつた。若い男の先生が担任で、生徒に読本を読ませたり、黒板に書いた算術の問題を解かせたりする。しかし、僕は一度も指名されなかつた。それが、「お客さん」を遇する態度だつたのかもしれないが、在つて無きが如き存在と思はれてゐたのかもしれない。

その学校にゐた間、どんなことがあつたかよく憶えてゐない。不愉快な記憶は一つもないから、同級の連中と仲良くやつてゐたのだらう。そのころ同級の仲間には、洟垂《はなたれ》小僧が何人もゐて洟を手でこすつて着物の胸のところで拭く。あるいは袖口で洟を拭くから、その連中の袖口や胸元はいつも汚れて光つてゐた。こんな子供はこのごろ見かけないから、想ひ出すと何だかなつかしい。

それから、そのころは頰つぺたが真赤な子供が沢山ゐた。男の子も女の子も真赤な頰つぺたをして、寒い風のなかを走りまはつてゐた。そんな子供もこのごろ見かけない。名前は忘れたが洟垂小僧の一人が、俺は駈けつこが速いのだと自慢した。その友人が叔父の家に僕を訪ねて来て、暫く遊んで帰るとき、速いところを見せてやると云ふと着物の裾を端折つて、威勢よく往来を駈けて行つた。しかし、下に穿くものを穿いてゐないので、丸い尻がどんどん遠くなるのを吃驚《びつくり》して見てゐるばかりで、どのくらゐ速いのかさつぱり判らなかつた。

学校は、千曲川の対岸の丘の上にあつた。叔父の家の裏手の路を歩いて行くとまもなく家並が尽きて千曲川に出る。千曲川の手前に小さな川が流れてゐて、川岸に一段低く石で畳んだところがあつて、そこで近所の人が食器を洗つたり、洗濯をしたりしてゐた。

小川の傍に一軒小屋があつて、そのなかに山羊が飼はれてゐた。小屋の奥には豆の茎がどつさり積み上げてあつたのを憶えてゐるが、多分冬の間の山羊の食糧だらう。天気がいい日には、山羊は千曲川の土堤のところに繋がれて、枯草を食つて、めええ、と啼いたりする。何だか珍しい気がするから、学校の往き帰りによくこの山羊を見物した。面白がつて山羊を見てゐて、同級生に、

——へえ、遅刻するだぞ……。

と急《せ》き立てられたこともある。

土堤を歩いて行くと吊橋があつて、吊橋を渡つて少し登ると小学校があつた。広い運動場と路の境に桜の木が並んで植ゑてあつたから、花のころはいい眺めだつたと思ふが、生憎《あいにく》、翌年の三月ごろ東京に戻つたから花は知らない。この運動場で一度野球の試合を見物したことがある。

叔父には弟がゐて、これも此方から見れば叔父に当る訳だから仮に小叔父として置くが、この小叔父は村の金持の家の養子になつてゐた。この小叔父が野球のチイムをつくつて、自

分は主将で捕手をやつてゐた。このチイムが隣村のチイムの挑戦に応じて試合をやつたのである。

運動場には村の大人や子供が沢山観に来てゐて、隣村からも応援に来てゐたやうである。多分、日曜か祭日を利用してやつたのだと思ふ。村のチイムの投手は高等小学校の二年生で、級友の話だと名投手と云ふことであつた。ところが試合が始つたら、この名投手は一向に名投手らしくない。ぽん、ぽん、と矢鱈に打たれて二回で十点近く取られて降板してしまつた。名投手と云つても、小学生や高等小学校の生徒の間の名投手と云ふ程度だつたらしい。いまで云へば中学二年生だから、隣村の髭面の猛者連中に通用しなかつたのも無理はない。

主将の小叔父は、独りで奇声を発したり、掛声をかけたり相手を弥次つたりして味方の士気を鼓舞してゐたが村のチイムはさつぱり振はない。それでも小叔父がホオムランを打つて教室の窓硝子を割つたときは、村の応援団も大喜びで、

——もつと割れ。

——何枚割つても心配するな。

とか怒鳴つたが、それも焼石に水のやうなもので、のみならず小叔父はその裏、突指をして退陣してしまつたから、観てゐたわれわれは情なくてがつかりした。

結局、試合は五回か六回で、コオルド・ゲエムで終はつたやうに思ふ。隣村の連中は意気

揚揚としてゐるのに、村のチイムはしよんぼりして、気勢の揚らぬこと夥《おびただ》しい。小叔父もつまらなさうな顔をして指を気にしてゐて、それを見たら此方もつまらなくなつて級友と一緒に帰つて来た。帰つて叔父に話したら、

——下手な癖に野球ばかりやつて困つたものだ。

と苦笑してゐた。もつとも、この叔父も早慶戦とか都市対抗野球があると、わざわざ上京して観てゐたから野球は好きだつたのである。まだプロ野球は誕生してゐないころである。

叔父の家の裏手の一軒に、一人女の人がゐて、理由は判らないがその人が気に入つてゐた。左腕のない人で、着物の左の袂《たもと》を安全ピンで胸に留めてゐた。片腕がないと云ふことで、同情してゐたのかもしれない。片手に荷物を持つて歩いてゐるのをよく見かけたし、小川の洗ひ場で片手で巧く洗濯してゐるのを見たこともある。三十前後の綺麗なお神さんだつたと思ふが、子供の記憶だから当てにならない。

一度、近所の人が迎へに来て叔母がその女の人の家に行つたことがある。いま考へると姑がその人をいぢめるかどうかして、その仲裁に行つたらしいが、此方は一途にその家の婆さんを悪者と思ひ込んでゐたやうである。従兄と一緒に、その婆さんが歩いてゐるとき背後から石を打《ぶ》つけて逃げ出したら、婆さんが叔父の家に乗込んで来て、従兄と二人納戸に隠れて息を殺してゐた。

雪が積つてゐたころ、ある日、学校の帰り、小川に金魚が一匹泳いでゐるのを見つけた。金魚だと思ふが、あるいは緋鯉の子供だつたかもしれない。家に帰つて、すぐ金魚を捕りに行くつもりでゐたところが、何か別のことに気を取られて忘れてしまつた。夕方近くなつて、想ひ出して雪を踏んで小川に行つてみたら、金魚は見当らず片腕の女の人が洗ひ場にしやがんで泣いてゐた。

片手で眼を押へて、肩を震はせてゐたから吃驚した。

それを見たら可愛相で、此方が大人で先方が子供みたいな気がして慰めてやりたいと思つたから不思議である。お神さんはすぐ此方に気がついて、気がついたと思つたら、

——暗くなるから、お家へお帰り……。一番星が出ましたよ。

と云つた。途端に此方は子供に逆戻りしたから何だか物足りなかつた。うん、とうなづいて帰つて来たが、そのとき一番星を見たかどうか、憶えてゐない。

童謡

信州の叔父はたいへん肥つてゐて、背は低いのに目方は二十四、五貫あつた。年に何回か上京したが、夏の都市対抗野球と早慶戦のときは必ずといつていいほど上京して来た。そのころはまだプロ野球はなかつたが、あつたらプロ野球の熱狂的なファンの一人になつてゐたらうと思ふ。

子供のころ叔父に連れられて都市対抗野球を観に、神宮球場に行つたことがある。そのころは都市対抗野球が盛んで、球場は満員であつた。生憎、そのときの試合がどんなものだつたかさつぱり記憶にないが、叔父が手帖に何だか一杯書きつけてゐたのは憶えてゐる。いまから考へると、記録をつけてゐたのだらう。

叔父はすべて自分を基準にして、価値判断を下した。肥つてゐるものはよろしいが、痩せてゐるものはよろしくない。肥つた女性は美人で、痩せた女性は不美人であつた。肥つた鶏は旨いが、痩せた鶏は食べられたものではない。その叔父が痩せた叔母を細君にしてゐたから、納得が行かない。

——叔母さんはどうして痩せてるの？

あるとき叔母に訊いたら、一軒の家のなかに肥つた人間が二人ゐると均合がとれないからだと叔父は説明してくれた。それに二人共重かつたら家が潰れるぢやないか。だから痩せた不美人で我慢してゐるのだよ。

そんなものかしら、と思つたが叔母はなかなか綺麗なひとだつたから、どうも合点が行かなかつた。

叔父が上京したとき、上野の動物園に連れられて行つたことがある、動物園のなかだつたか外だつたか忘れたが、一軒の茶屋で休息したとき叔父が腰を降したら縁台が潰れてしまつた。幾ら肥つてゐると云つても、縁台がさう簡単に潰れる筈はないから、多分壊れかけてゐたのだらう。茶屋の婆さんが恐縮したら、尻餅をついた叔父は立上りながら、

——鶴や鹿もゐるけれど、象や河馬だつてゐるんだからな……。

と妙なことを云つた。

一度、上野の展覧会を観に連れて行つてくれたこともある。叔父は信州でちつぽけな新聞をやつてゐたので、上京するのもその仕事の関係らしかつたが、此方は子供のころのことだから詳しいことは知らない。どこかへ行くにも、一人ではつまらないから僕を連れて歩いたのだと思ふ。

展覧会は何展だつたか忘れたが、そのとき始めて裸婦の画を見てたいへん不思議な気がした。

――何故、裸の画を描くの？

――ふむ……。

叔父は暫く考へてゐたが、つまり美人、不美人がよく判るやうに裸にするのだ、と云つた。裸にすると、肥つてゐるか痩せてゐるか、一番よく判る。ごらん、これなんかいい画だらう？　とつてもいい画だ……。

叔父の讃めたのは、たいへん肥つた女の裸の画であつた。家に帰つて叔父の話を母にしたら、母はまあ何て下らないことを云ふんでせう、と叔父を摑まへて文句を云つてゐたやうである。大体、こんな子供に裸婦の画を見せることはないでせう？　ほんとにつまらないことをする人ね……、と母は腹を立ててゐた。叔父は肥つた身体を縮めて、いやあ、まあ、そんなに怒んなさんな、とか云つて僕の方を見ると片眼をつむつた。

叔父はよく忘れ物をした。叔父は夏上京すると、信州に帰るときよく僕を信州に連れて行つた。母が叔父に土産を持たせてやると、叔父一人のときは大抵、網棚に忘れてしまふ。礼状ぐらゐ寄越したつていいのに、と母は不満らしかつたが、肝腎の土産は叔母の手に届いてゐないのだから仕方がない。その裡に、叔父が忘れてしまふことが判つて、母も土産は持たせず送るやうにしたやうである。僕が一緒のときは、忘れちや駄目よ、と云つて土産物を僕に持たせたが、これも役に立たなかつた。

叔父にアイスクリイムを買つてくれと云つたら、叔父はそんなものはいかん、と暫く考へて、いいものがある、と土産のビスケットの包みを破いて、さあ、お上り、と云つた。大きな罐の半分ばかり二人で平げた残りを叔母のところに持つて行つたときは、何だか叔母の顔が見られないやうな気がした。

夏休みが終りに近づくと、叔父は僕を東京まで連れて来る。そのときも同じことで、折角叔母が持たせてくれる果物も大抵、途中で消えてしまつた。叔父と二人で全部食べることもあつたし、半分ばかり残して持つて来たこともある。全部食べてしまつたときは、家に帰つた晩、ひどい腹痛を起した。

叔母が何にも持たせて寄越さないのはをかしい、と母もうすうす感づいてゐたらしいが、この腹痛ではつきり判つてしまつた。そのときも母は叔父をとつちめてゐたが、流石に叔父も閉口したらしく

——うん、少し食ひすぎたかな……。

とあまり威勢がよくなかつた。

いつからか判らないが、その裡に、叔父は段段上京することが尠くなつた。どう云ふ理由

か、そのころは知らなかつたが、あとで病気になつてゐたのだと知つた。だから、中学生になつてから、叔父と一緒にどこかに行つたと云ふ記憶は殆どない、一度、叔父が何とか云ふ本を探すのだと云つて、神田へ一緒に行つたことがあるが、そのとき一度ぐらゐだと思ふ。

そのときは、神田の古本屋をあちこち歩いたが、肝腎の本が見つからなかつたので叔父もがつかりしてゐた。見つかつたら銀座のレストランで御馳走してやると云つてゐたが、結局は神田の店で叔父はビイルを一本飲み、僕はライスカレエを食つて帰つて来た。

叔父は子供のころ、村の神童と云はれてゐて、若いころは文学青年だつたさうである。家には書斎をつくつてゐて、大きな書棚を並べて古い本や全集を沢山持つてゐた。叔父が病気になつてから、叔父は勉強しすぎて頭が変になつたのだと伯母が云ふのを聞いたことがある。

——だから、お前も勉強はほどほどにするものだ。

と伯母が僕に云つたが、此方は生来怠者だつたから、伯母の忠告は見当違ひだつたと思ふ。

叔父の家から小海《こうみ》線で二駅ばかり行つたところに伯母が住んでゐて、大学生のころ信州旅行の途中寄つたことがある。一晩泊つて叔父の家を訪ねようと思つてゐたら、そこへひよつこり叔父が現はれた。暫く見なかつたら、叔父は何だかしぼんだ風船玉みたいになつてゐた。叔父の病気は頭のどこかが変になつて、何でもすぐ忘れてしまふのである。いま聞いたこともすぐ忘れるから、同じことを何遍も訊き返す。あちこちの医者に診て貰つたが、一向に効果はなかつたらしい。

――これから叔父さんのところに行くつもりでした。

と云つたら叔父は喜んだが、二、三分すると、これから家へ来ないかね、と云ふからがつかりした。それから、叔父は歩いて行くと云ふので二里ほどの道を叔父と歩いた。叔父はだぶだぶになつた洋服に下駄を穿いて、手には洋傘を持つてゐた。何故洋傘を持つてゐるのかと訊いたら、

――イギリス紳士は洋傘を持つてるぢやないか。

と云ふ返答で、これには恐れ入つた。途中は殆ど山路で、ひつそりした部落のなかを抜けることもあつた。ときどき千曲川の光るのが見えた。山路を歩いてゐたら、叔父は洋傘をステツキのやうに振りながら、童謡を歌ひ出した。お手手つないで、とか、肩叩きとかいろいろ歌つた。僕にも歌へと云ふので一緒に歌つたが、叔父はにこにこしてゐるのに何だか淋しくてならなかつた。途中で叔父は歌をやめると、どこへ行つてたのかね？　と訊いたから、伯母さんのところと云つたら、ああ、とまた歌ひ出した。叔父はそれから一年ほどして死んだ。それからもう長い年月が経つが、いまでも、童謡を聞くと、ひよつこり叔父の洋傘を持つた姿が甦つて来て、不意に眼の前に雲がかかるやうな気がすることがある。

グンカン先生

小学校二年生のころ、どう云ふ風の吹きまはしか英語の先生がわが家を訪れて、僕は英語を学ぶことになつた。英語の先生は学生服を着て腰に手拭をぶら下げてゐた。どこかの学校の学生だつたらしいが、坊主頭に矢鱈に奥行があつて、横から見ると当時僕の愛した帝国海軍の軍艦に似てゐた。無口な人で余計なお喋りはしなかつたから、些かとつつき難い感がしたけれども、多分、朴訥な人柄だつたのだらうと思ふ。

最初、先生は僕と並んで机の前に坐ると、傍の風呂敷包みを解いて青い表紙の本を机の上にのせてお辞儀をした。僕も真似してお辞儀をして、固唾《かたず》をのむ思ひで眼前の青い本を見詰めてゐたら、先生が徐《おもむ》ろに催促した。

――本を開きなさい。

僕は急いで本を開いた。が、国語読本の要領でやつたから、出たのは奥附のところである。しかし、先生は一向に慌てない。むしろ満足さうな顔をして、英語の本は須《すべか》らく左に開くものだと教へてくれた。改めて左に開くと優等生みたいな顔をした男の子の画があつて、その下に二行ばかり横文字が並んでゐる。

——ジス・イズ・ゼイムス。

——ゼイムス・イズ・エ・ボイ。

先生は変な抑揚をつけてその横文字を読み、僕にも声を出して云はせた。大分あとになつて、先生は学校の先生から「お前の英語の発音は珍無類天下一品だ」と折紙をつけられたと白状したことがある。しかし、当時の僕はそんなことは判らぬから専ら珍無類を精一杯真似したのである。それから、先生は徐ろにジスは「これは」とか「これ」であるとか、「ゼイムスは一人の少年です」とか説明してくれる。しかし、僕にはチンプンカンプンで何が何やらさつぱり判らない。だから、先生が判るかと訊ねたとき、即座に判らないと答へた。先生は至極不可解らしい顔をして軍艦頭を横に傾けた。

結局、この英語の勉強は三ケ月と続かなかつたらう。何故終りになつたか理由は判らぬが、おそらく、僕にやる気がなく、先生も僕の低脳ぶりに愛想をつかしたのだらうと思ふ。僕はこの青い表紙の本についてほとんど記憶がない。憶えてゐるのは優等生みたいなゼイムスと、次の頁にあつた可愛らしいマリイのことぐらゐである。妙なことに、この両者の顔はいまでも何となく想ひ出せさうな気がする。この場合、連中をジエイムズとかメアリイと云つてはいけないので、どうしてもゼイムス、マリイでなければならない。ある意味では彼らも僕の

「昔馴味の顔」と云へるかもしれない。

僕が中学生になつたとき、グンカン先生はR・L・スティヴンスンの「内陸丹行」と「驢馬紀行」が一冊になつてゐる本をくれた。その扉に先生は、青年は楽しく、しかし、厳粛に生活を送らねばならぬ、と云ふ意味のJ・ラスキンの言葉を記してゐた。しかし、中学一年坊主に読める筈がない。どうも先生は、事を為すに当つて一段階も二段階も飛躍しすぎてゐたやうに思はれてならない。大分後になつて、銀座に真珠王の息子さんが「ラスキン」と云ふ店を出したとき、そこで紅茶を喫みながらグンカン先生を想ひ出したけれども、そのころ先生は既に満州で病歿してゐたのである。

しかし、先生に貰つたスティヴンスンはその後一時僕の愛読書の一つになつた。詩人を気取つて、当時マッチ箱みたいな汽車の走つてゐた八ヶ岳山麓を歩いてゐたら丸木橋から落つこつてひどい目にあつた。

ミス・ダニエルズの追想

ミス・ダニエルズとは、僕の中学校の会話の教師である。彼女が始めて教場に姿を現はしたとき、僕ら新入学の一年坊主共は、たいへんな婆さんが現はれたと思つた。頭髪は純白であり、縁無しの眼鏡をかけてゐた。教壇に立つや否や、僕らには全然判らないことをしやべり、終りにちよつと笑つて何か云つた。みんなポカンとしてゐると、今度は日本語で

――わかりましたか？

と云つた。が、ひどく下手な日本語であつた。ミス・ダニエルズは日本に十年近くゐた。僕は十年近くゐて、彼女ほど日本語の出来ない外国人に会つたことがない。が、そのとき、僕らはこの機逸すべからずと異口同音に叫んだものである。

――ノオ・ノオ。

そのうち、どうやら一年坊主共も何やら怪し気な英語を操つてミス・ダニエルズの問に答へたり、また彼女に質問したりするやうになつた。さうすると、一人がこんな質問をした。

――貴女は何歳であるか？

ミス・ダニヱルズは即座には答へず、一体何歳と思ふかと却つて反問した。

——八十歳である。

質問した生徒は直ちに答へた。あらかじめ用意してゐたかのやうであつた。ミス・ダニヱルズは赫くなつて笑ふと僕ら一同に同じ質問をした。が、彼女が五十歳以下と云ふものは一人もなかつた。しかし、僕らは彼女が自分の年齢を次のやうに説明したとき啞然としないわけにはいかなかつた。

——四十歳と三十歳の中間である。

僕らの合点の行かぬらしい顔を見ると、ミス・ダニヱルズは次の時間、彼女がカレッヂの学生だつたころの写真をもつて来た。ボオトに友人連と一緒に乗つてゐる写真である。が、既にそのころから、彼女の頭髪は白かつた。それから彼女は僕らに、女性に年齢を訊くのは失礼である、と注意した。尤も僕らは、彼女が黒板に書いた単語を辞書に探し、失礼と云ふ意味を見つけたわけである。

ミス・ダニヱルズは熱心な教師であつた。私語してゐる者があると、コツコツと机を叩く。その音が高くなつても気がつかないでゐると、ピシリと指を鳴らし、突如、机上のチヨウクをとると弾丸のやうに投げつけた。一度、彼女の投げたチヨウクは背後の黒板に打つかり、跳ね返ると窓に打つかり、更に窓際の生徒の頭に打つかつた。そんなとき、ミス・ダニヱルズは多く赫くなつてゐた。
が、彼女が一番赫くなつたのは、僕らがIとyouを用ゐた文章を作らされたときである。そのとき、級長のTは——彼は至極真面目な生徒であつたが——勢よく立上るとかう云つた。

——I love you.

途端にミス・ダニエルズは真赤に染まり笑ひこけた。僕らはその赫さに驚嘆した。とは云へ、ミス・ダニエルズは笑ひこけながらThank you.を繰返した。

ミス・ダニエルズは純粋なアメリカ英語を僕らに教へた。発音も、例へばBoxは決してボックスではなく、バアクスであつた。Hospitalはホスピタルでなく、ハスピタルであつた。僕らが三年のとき会話を習つたオツクスフオオド大学出身のL……先生は、僕らの発音はオオソドツクスの英語のそれではない、と僕らをたしなめた。だから、僕らは当時、大いに混乱せざるを得なかつた。尤もL……先生もアメリカ人であつた。が、オツクスフオオド仕込みで僕らに臨んだものであらう。僕は終戦後、このL……先生が何かの雑誌に書いたものがリイダアス・ダイジエストに収められてゐるのを見た記憶がある。

ミス・ダニエルズは学校構内の薔薇の垣根をめぐらした住宅の一軒に、一人のアマと、楊貴妃と名づけた一匹の猫と一緒に住んでゐた。僕らはときどき、ミス・ダニエルズの家に遊びに行き、トランプをやつたりレコオドを聴いたり、彼女が詩を読むのに耳を傾けたりしたのち、紅茶とお菓子を御馳走になつて帰つた。彼女が、僕ら中学生に読んでくれたのはロングフエロオとかホイツトマンとかホイツテイアの詩であつた。妙なことに、そのころ憶えた詩のリフレエンはいまも僕の記憶の片隅に残つてゐて、ひよいと出てくることがある。

しかし、僕らがミス・ダニヱルズの家に行つたのは大体三年ぐらゐまでで、四五年になつたころは殆ど行かなかつた。四年のとき、僕は伊勢の貝殻細工を関西旅行の土産としてミス・ダニヱルズのところへもつて行つてひどく歓ばれた。が、これは僕の母がすすめたことで、僕自身はちよつと照れ臭いやうな気がして、あまり乗気でなかつた。尤も、ひどく歓んだ彼女は、そのコレクシヨンのなかから、何枚かの切手を僕に呉れた。そして、たびたび、遊びに来るやうに、と云つた。が、僕は行かなかつた。

卒業してから夏、野尻でミス・ダニヱルズに会つた。彼女は両手をひろげ、眼を丸くして僕を見た。それから同伴の婦人に、僕を紹介し、

——彼は非常に優秀な生徒であつた。が、いまは知らない。

と云つた。同伴の婦人は笑つて、

——いまでも優秀だ。

と云つたが、むろん、それはお世辞で、僕はそのころ、たいへんな怠者であつた。それがきつかけだつたかもしれない。僕は秋ごろから、ミス・ダニヱルズの家へ三四度行つた記憶

がある。そこには、女子大生や大学生がゐて賑やかであつた。しかし、怠者になつた僕には、どうやらそんな雰囲気が愉しくなかつた。だから、自然、足が遠のいた。

戦争の始まる前年の秋、僕はミス・ダニヱルズの家に行つた。そのころ、何となく世の中が不穏であつた。僕はミス・ダニヱルズを想ひ出し何となく訪ねてみたい気になつた。そこで問合せの手紙を出すとすぐ返事が来て、出来れば昔の友人もつれて来て欲しいと書いてあつた。約束の日の夕刻、僕は友人のTをつれてミス・ダニヱルズの家に行つた。Tは中学一年のとき、ミス・ダニヱルズから、スカアトと云ふ名前をつけられた男である。彼女は生徒に英語の名前をつけて呼んだ。その方が覚え易く、呼び易かつたからであらう。Lは、スカアト、と云ふ名前を変へてくれ、とミス・ダニヱルズに申出た。女のはくものなんて笑ひものになるからいやだ、と表明した。尤も、さう云つたわけでなく、以心伝心とか申す身振りその他で、彼女に通じたのである。しかし、ミス・ダニヱルズは笑つて、このスカアトは女のスカアトとは違ふスカアトだと説明して変へなかつた。

僕らは薔薇の垣根沿ひに庭に這入り、呼鈴を押した。扉を開いてくれたのはミス・ダニヱルズ自身であつた。僕らは、国際問題にはなれず、昔話をした。ミス・ダニヱルズの隣には、中年の小柄な女のひとがゐて、別に口も挿まず、笑つてきいてゐた。

食事の最中、突然、激しく雨が降り出し、雷鳴が轟き稲妻がひらめき、電気が消えた。そこで、僕らはマントルピイスの上から運ばれた二本の燭台の灯で食事をつづけた。ときをり窓から、西の空一面に稲妻が雲を奇怪な姿に浮き出させるのが見えた。

——テムペスト。

とミス・ダニヱルズが云つた。すると小柄な女のひとが思ひがけぬくらゐはつきりした声で、何か台詞めいた文句を口誦《くちずさ》むと微笑した。それは「テムペスト」中の二三行だつたらう。これが、僕の「最後の晩餐」である。食事が終つて三十分ほどすると雨が止んだので、僕らはミス・ダニヱルズに別れを告げた。まだ、電気は点かなかつたので、ミス・ダニヱルズは懐中電燈をもつて僕らを扉口まで案内し、ついでに敷石づたひに出口まで来た。まだ、遠く稲妻が光つてゐた。ミス・ダニヱルズは昔ほど元気がなかつた。アマは昔のアマがゐたが、楊貴妃はもうゐなかつた。出口のところで、ミス・ダニヱルズが、戦争の起らぬことを願ふやうなことを云つた記憶がある。彼女は故国に近い身寄りもないので、日本にゐたがつてゐた。彼女は、懐中電燈の光を垣根に向けて云つた。

——薔薇が咲いてゐる。

雨に叩かれたあとの遅咲きの薔薇が見えた。僕らはもう一度ミス・ダニヱルズと握手すると雨に濡れた暗い町に出て行つた。

——ダニヱルズさん、元気がなかつたな。

――でも、嬉しさうだつたね。

Tが云つた。

その後、僕はミス・ダニヱルズに会はない。彼女はその翌年、故国にかへつた。僕は幾人かの外人教師に教へをうけ、幾人かの外国人と知己になつた。そのなかにはビイルを水のやうにのむ十八のドイツ人の若者もゐたし、上海から来た金髪のポオラもゐた。彼らの幾人には、僕の記憶の裡に「旧い顔」として残つてゐる。僕は今度の戦争で親しい友を幾人か失つた。それらの「なつかしい旧い顔」に交つてミス・ダニヱルズの顔も僕の脳裏に浮かんでくる。妙なことに、それと一緒に雨に叩かれた夜の、遅咲の薔薇も浮かぶ。すると、連想がブレイクの美しい詩の一行を引出してくる。

――おお、薔薇、汝は病めり。

僕の「ミス・ダニヱルズの追想」は多く、この一行で終りになるのである。

二人の友

大学生のころ、友人に伊東と云ふのがゐた。石川と云ふ男もゐた。僕が本腰を入れてお酒を飲むやうになつたのは、思ふにこの二人の悪友の影響である。伊東は北国の産で、眼鏡をかけて、色の白い、洵に温和しい学生であつた。が、子供のときから父親の晩酌の相手をさせられて、中学生のころは寒さをしのぐために酒を飲みながら勉強したと云ふだけあつて、洵に強かつた。

石川もやはり眼鏡をかけて、普段はむつつり黙り込んで、何やら深遠な思想を探求してゐるやうな顔をしてゐた。が、酔ふとたいへんなお喋りになつて、毒舌を弄した。口ばかりぢやない。行動にもその変化は現はれて、彼が掠めとつた表札が、彼の押入のなかに山と積んであつた。飲まぬとき、彼はむつつり黙り込んだまま表札の山を眺め、たいへん味気なささうな顔をしてゐた。彼自身、どう始末していいか判らなかつたのだらう。

一番迷惑したのは、往来に置いてあつたオワイ車——汚い名詞を用ゐて申訳ないが——を引つ張り出したときである。僕たちに後押しをしろと云ふのだから出鱈目も甚だしい。逃げ出すと、ガラガラ車を引いて追ひかけて来た。しかし、この石川は詩人をもつて自ら任じ、事実、そのころ彼の書いた詩にはいいものがあつて、井伏鱒二氏も讃めてをられた。

学校で顔を合はせると、僕らは何となく酒を飲まなくてはいけないやうな錯覚に陥入つた。三人とも、あまり勤勉なる学生ぢやなかつたから、三つの顔が合ふのは週に二三度ぐらゐだつたかもしれない。そのころ、僕らは新宿の樽平とか秋田とか、昭和館──と云ふ映画館はもうないらしい──の近くの飲屋とかに行つた。樽平や秋田では、先生や先輩が腰を据ゑてゐることがある。だから、ときには君子危きに近寄らぬことにした。一度、秋田まで足を運んで店に這入つたら、途端に、

──君、今日の授業は何故欠席しました?

と云はれた。見ると谷崎精二先生がニヤニヤしてをられた。むろん、大いに面喰つて、最敬礼をすると一目散に退散した。

そのころ、伊東は阿佐ヶ谷に下宿してゐた。僕は吉祥寺にゐた。と云ふわけで、新宿から阿佐ヶ谷に来て飲むことが多かつた。石川は雑司ヶ谷の住人だつたけれども、歓び勇んで中央沿線に遠征して来た。どう云ふものか、僕らはお酒をのむと云ふことは梯子酒をすることだと思ひ込んでゐた。何故かよく判らない。が、つらつら思ふに、これは井伏さんの感化だつたらしい。尤も、井伏さんは、

――そんなことは預り知らん。小沼の奴は、よく出鱈目を云ふ。

なんて云はれるかもしれぬ。

が、大学へ這入つてまもないころ、僕が伊東と二人、阿佐ヶ谷駅南口近くの何とかと云ふ店で飲んでゐたら、そこへひよつこり井伏さんが這入つて来られた。僕はその少し前から、井伏さんのお宅に参上してゐたけれども、夕方にならぬ裡に失礼することにしてゐたから、井伏さんと酒席を同じくしたことはなかつた。だから、僕が酒を飲むなんて思はれなかつたのかもしれぬ。

――君はお酒飲むのか、と井伏さんは云つた。そいつはいいや。

と云ふわけで、その夜、僕と伊東は阿佐ヶ谷、荻窪と五六軒、井伏さんのお供をして御馳走になつた。最後は、赤い提灯を吊した屋台に行つた。ここにはお酒もビイルも売切れで、泡盛しかない。井伏さんは威勢よく、泡盛だつて構ふもんか、と云はれた。僕も勇ましい気持になつて、初めて御目にかかる泡盛をコップ一杯キユッと飲み干した。

――ふむ、と井伏さんは云つた。君は見どころがある。

しかし、実際は少し呆れられたのかもしれない。何でも泡盛二杯飲んで、井伏さんにお別れした。伊東の家へ泊ることにして伊東の部屋に這入つたら、途端にくにやくにやと坐り込んでしまつた。ヘンだな、と思つて立たうとしたけれども立てないのである。

——助けてくれ。

と云つたら、伊東も吃驚して立たせてくれようとするが、立てない。言葉の上では「腰が抜ける」と云ふのは知つてゐたが、実際に腰が抜けると知つたのはこれが始めてである。尤も、その後、二度とない。

これがきつかけで、その後、井伏さんのお供をしてお酒を飲むやうになつたのであるが、どうも、このとき、梯子酒の感化を受けたやうな気がしてならない。阿佐ケ谷には、僕らがまはつて歩く店が七、八軒あつて、そのときどきにより、その裡の三四軒をまはつた。駅の南口近くの横町には、ハジメさんと云ふ男みたいな名前の娘さんが、お母さんと二人でやつてゐるおでん屋があつて、茲《ここ》では不思議なことに石川は神妙に構へてゐた。この娘さんはポチヤツとした感じのいいひとだつたけれど、戦争が始まると暫くして店を閉めた。その後どうしたか知らぬ。

先日、名古屋の新聞社にゐる石川を訪ねてこの娘さんの話をしたら、石川は、

——さあ、憶えてないなあ。

と云つた。僕らの飲み歩いたころから既に十数年、二十年近く経つてゐる。伊東は戦争で死んだ。洵に、河は日夜流れて愁人のために暫くもとどまることをしないのである。

僕はいまでもちよいちよい新宿を飲み歩く。六七年前、飲みすぎて病気になつたが、癒つ

たら前と同じことである。たまに銀座へ遠征するけれども、新宿を素通りは出来ぬから大酔に及び翌日は頭が上がらない。が、大体、人生は悔恨の連続なのだから、酒に悔恨が附随したつて当然で一向に不思議でないのである。

私と大学

僕の学生のころは、まだ和服に袴と云ふ格好で登校する学生をかなり見かけた。僕自身も、ちよいちよいそんな格好で出かけたことがある。一級下には、ちやんと靴を持つてゐるのに、わざわざ地下足袋を買つてはいてゐた学生がある。なぜそんなことをしたのか、その心境はよくわからない。

あるとき、仲間が五、六人、ある友人の家に集まつてやたらに気勢をあげてゐたら、朝になつた。ひと眠りして、仕方がないから学校へ行かうと、昼ごろになつてぞろぞろ出かけた。僕ともう一人の友人は着物を着てゐた。しかし、徹夜する予定ではなかつたから、袴はつけてゐない。袴なしで教場へ這入るのはぐあいが悪いから、喫茶店で休息するつもりでゐると、友人は一番後方の席に坐つてゐれば大丈夫だと云ふ。何となく付和雷同して、遅刻して教場に這入り、一番後方に坐つた。T先生の英語の時間で、前の席の学生からテキストを一冊まはしてもらつて神妙に見てゐたら、授業が終はつた。よせばいいのに、のこのこ教壇まで歩いて行つて、遅刻してきました、と名乗り出た。むろん、欠席を訂正してもらふつもりだつたのだが、T先生は友人の着流し姿に目をとめた。友人が大目玉を食つたことは云ふまでもない。

戦争が始まると、和服姿は目立つて減つたやうに思ふ。その代はりと云ふわけでもなからうが、僕らは好んで下駄をはいた。一度、友人の一人が下駄ばきを不当に事務員に難詰されたと云ふので、僕らは十人ばかり揃つて下駄をはいて文学部の前を大きな音を立てて並んで歩いたことがある。馬鹿な真似をしたものだと思ふが、当時はそれなりの理由があつたのだらう。他学部の学生から、文学部では下駄が流行するのかときかれたけれども、別に流行したわけではない。

昔の仲間

僕は昭和十七年に早稲田の英文科を卒業した。そのころは今と違つて学生数が尠かつた。一番多い英文科でも四十人くらゐのものだつたらう。独文科、仏文科などは五、六名しかゐなかつた。しかし、当時は卒業すると同時に兵隊にとられる者が多く、戦死した者も尠くない。現に、僕の親しかつた友人も三人戦死してゐる。矢島静男、伊東保次郎、秋山明の三人である。

矢島は神楽坂の裏手に長屋を数軒持つてゐて、その長屋の一軒に自分も母親と二人で住んでゐた。僕はよく矢島の家に行つて、文学談をした。一度、矢島が角帽を被らぬため、長屋の店子連中が矢島を偽学生と思つてゐる、と云ふ話を聞いて、数人で角帽を被つて「ほんもの」であることを証明しに行つたことがある。一種の示威運動のつもりだつたが、生憎、長屋の連中は誰も見てくれなかつたから、何にもならなかつた。

伊東は酒田の産で、温和しい男であつた。しかし、酒は強かつた。僕らはよく一緒に新宿、阿佐ケ谷を飲み歩き、阿佐ケ谷の伊東の下宿に泊つたりした。伊東は戦地から長い手紙をくれ、文学に対する郷愁の如きものを綴つてゐたが、それからまもなく死んだ。

秋山は色の白い大きな男で、図体に似合はず繊細な神経の行届いた小説を書いてゐた。

――なあに、俺は絶対死なないよ。

と云つてゐたが、戦場では彼の思ひ通りには行かなかつた。真暗な長いトンネルがあつて、トンネルを出て見たら親しい顔がいつのまにか見当らぬ。戦争の終つたころ、そんな気がして、何ともやり切れなかつた。

現在、そのころのことを語る相手も多くない。その尠い一人に有木勉がゐる。有木はその名の通り洵に勤勉な男で、学生時代はいつも教室の一番前の机に坐つてゐた。勤勉な彼と怠者の僕はそのころ行動半径が喰ひ違つてゐたので、あまり詳しいことは知らない。しかし、卒業後、会合などでちよいちよい顔を合はせるやうになつてから、一緒に飲むことも多くなつた。そんなときは、やはり同級生はなつかしくいいものだと思ふ。有木は戦後暫く「群像」の編集長をやつてから、いろいろ要職らしきものを経て、いまは講談社の重役かなにかにをさまつてゐる。

――ゴルフばかりやつてゐるのか？

と訊くと、冗談云ふな、忙しくてかなはねえよ、と云ふ。多分酒を飲むのにも忙しいのだらう、と思ふ。

同級生の変り種は山脇百合子女史である。いまは女子学生など一向に珍らしくないが、早稲田の第一回の正式の女子学生は、僕らのときに許可されたのである。だから、彼女は早大女子学生の草分けであるが、そのとき、早稲田には女子学生が初めて三人生まれた。山脇さんの他にもう一人、清水さんと云ふ女子学生が僕らのクラスにゐた。もう一人は法学部にゐて、松谷天光光《てんこうこう》と云ふ珍らしい名前の持主であつた。戦後、代議士になつた人である。

山脇さんは学生のころ、横山と云つた。なかなかの美人なので、女子学生のゐない他学部の学生が羨しがつて、常に文学部の前を遊弋してゐた。卒業のとき彼女は一番で、男子学生は面目を失墜した。彼女は現在実践女子大の先生をしてゐて、母校の早稲田でも教へてゐる。女子学生の増えた現状を見ては隔世の感があるだらう。

厳密に云ふと同級生ではないが、同じ学年で親しくしてゐた同級生同然の男が二人ゐる。玉井乾介と石川隆士である。二人とも国文科の学生で、玉井はそのころ背広に靴下をはき、しかし、靴は穿かずに下駄をつつかけて登校したりした。

——あれで、大学者の恰好と思つてるんだからね……。

と、石川なぞ冷やかしたものである。玉井は新潟に家があつたが、目白にも家があつた。その家で僕らは早い将棋を何十番も指して、夜が明けると雑司ヶ谷墓地を散歩したりした。一度は、伊東、玉井と三人で佐渡に弥次喜多旅行して、新潟の玉井の家に泊めて貰つたこともある。玉井は現在岩波書店の幹部になつてゐて、先年は庄野潤三と僕を熱海の惜櫟《せきれき》荘に招んでくれた。玉井にしろ有木にしろ、おい、何だ、で話の通じる相手はいいものである。

石川隆士は現在、名古屋の毎日新聞本社にゐる。整理部長をしてゐたが、いまはもうやめたかもしれない。石川は学生のころ、いい詩を書いてゐた。井伏鱒二氏もその詩を讃めてゐた。石川も伊東と同様酒が強かつた。だから、僕ら三人で一緒に飲むことも多かつた。まだ樹立が欝蒼としてゐたころの井の頭の池畔の茶屋で、酒を飲みながら気焔をあげたのはなつかしい想ひ出である。一度阿佐ヶ谷で飲んだとき、石川は路傍においてあつた「おわいや」——汚い言葉で恐縮だが——の車を引き出して、僕らは鼻をつまんで逃げ出したことがある。それから、手当り次第に標札を失敬して、伊東の部屋の押入れが標札で一杯になつたこともある。去年、石川が社用で上京したときその話をしたら、

——それは僕ぢやない、人違ひですよ。

と、すましてゐた。

日米対抗試合

戦後まもない頃、ちよいとしたきつかけがあつて二人の若いアメリカ人と知り合ひになつた。一人はロバアト何とかと云つて、もう一人はアアサア・ケネディと云つた。ロバアト・某はハアバアド大学で考古学を勉強したとか云ふ男で、ニユウ・ヨオク辺りの骨董屋の番頭をしてゐると云つた。髪をもしやもしやにして、ズボンの折目もいい加減で、その点は何やら考古学者の卵みたいな風情があつたけれども、一人の日本女性と友だちになつたら途端に折目正しい紳士に早変りした。

もう一人のケネディは痩せてのつぽの眼鏡をかけた男で、エエル大学の史学科出身であつた。この方は始めから身躾《みだしな》みがよく、おつとりしてゐてお坊ちやんみたいなところがあつた。本国にフィアンセがゐるとか云ふ話で、日本女性には一向に興味がなかつた。この二人とも多分まだ廿代だつたらう。二人とも中尉であつたが、僕はこの後者のケネディとかなり親しくなつた。

ときどき、僕の家に遊びに来て僕の書棚から英語の本を出すと顰《しか》め面をして眺めたりした。

一度は僕が誰かに貰つて持つてゐた「マルコ・ポオロ旅行記」を貸してくれと云つた。

——私はかう云ふ本に興味がある。私は歴史を専攻したから。

と、彼は云つた。僕はむろん貸してやつたが、彼の借りるための口実にはちよいと滑稽な気がしないでもなかつた。そのころ、僕はスティヴンスンか誰かの飜訳をやりかけてゐたので、納得の行かぬところを彼に訊いてみた。ケネディは真面目臭つた顔をして暫く活字を眺めてゐた挙句何やら説明してくれたが、それも一向に納得が行かなかつた。

——かかる英語は古くてとても手に負へぬ。

と、彼は云つた。

その裡に、ケネディは僕にテニスをやらぬかと云ひ出した。僕は中学時代テニスの選手をしてゐた。全関東中等学校庭球トオナメントなるものにも出場した。尤も三回戦で退散してしまつたけれども。しかし、中学校のときやつたのは軟球である。ケネディのやるのはむろん硬球に決まつてゐる。だから、僕はよく出来ないかもしれぬがやつてもいいと答へた。硬球には自信がなかつた。

それから暫くすると、ケネディは颯爽としてジイプで迎へにやつて来た。アメリカの自宅から送つて貰つたと云ふ新しいラケット二本とボオルを持参した。僕らはジイプに乗つてT女子大学に出かけて行つた。T女子大学へ——と云ふのは、どこのコオトでやつたものか見当がつかないでゐるとき、たまたま、その女子大に知つてゐる人がゐたので交渉したら、日曜日の午後なら使つてもよろしいと許可してくれたのである。

僕らが体育館からネットを引張り出したりしてゐると、僕の知つてゐる人の娘さんが面白がつて見物に来て動かない。ケネディはこつそり僕に云つた。

——着換へをしたいのだが、あの女性にさう伝へて貰へないか？

さう伝へると、娘さんは頓狂な声を出して逃げて行つた。それから僕らはケネディが筒から出した赤いボオルで練習を始めた。意外にも僕の当りがよい。ケネディは妙な顔をした。

——お前はよく出来ないと云つたが、たいへんうまいではないか？

全く、僕自身さううまく行くとは思つてゐなかつた。そこで軟球ならやつたが、硬球はやつたことがなかつたから、ああ云つたのだと説明したけれどもケネディにはとんと通じない。ソフト・ボオルと云つても全然知らないのだから仕方がない。終ひにはゴムで出来たボオルだとまで説明した。が、ケネディは首をひねつて、さつぱり見当がつかないらしかつた。いまはどうか知らないが、そのころ女子大のコオトは、コンクリイトが割れてゐたり、金網が破れてゐたりして、ボオルはときに金網からとび出してその先の畑のなかに見えなくなつたり、とんでもないバウンドをやつたりした。が、僕らは至極愉快であつた。が、この日は途中から大風が吹き出したので中止した。

次の日曜、試合を始める前に、ケネディはズボンのポケットから手帳を出して何やら書きつけた。覗いてみたら、一方にアメリカ、片方に日本と書いてあつた。ところが、この日、日本代表は奮闘努力も甲斐なく、四対二で負けてしまつた。僕の知つてゐる人の娘さんは、この日も見物に来て、大いに日本代表を声援したのだけれども日本代表は最初の二セットを奪つただけであとは立てつづけにやられてしまつた。僕はつらつら考へる。

——あれは腕の相違で負けたのではない、お腹の相違で負けたのだ。

と。何しろ、当時はタウモロコシの粉だとかスケサウダラで培つた体力だから止むを得ない、と。しかし、そんな理由は公表出来ぬから、日本代表はアメリカ代表が奇声を発して歓び握手を求めるのに、悠然と微笑して手を差し出した。が、正直のところ、僕はひどく草臥れてゐて、握手なんかするよりもそのまま寝転んで休息する方が遥かに望ましかつたものである。

閻魔帖

昔の先生は閻魔帳を持つてゐた。何が書いてあつたのか、覗いたことが無いから知らないが、各人の出席、成績、操行に至る迄一切の評価が記載されてゐると信じられてゐた。殊に中学の先生のなかには、閻魔帖を開いて出来の悪い生徒を戦戦兢兢とさせて愉しむやうな人がゐた。髭を生やした先生がゐて事ある毎に閻魔帖を取出す。眼鏡越しにぢろりと生徒を見て、鉛筆の先を舐めて閻魔帖に何か書込む。一体何を書込んでゐるのだらうと生徒の方は気になるから、閻魔帖を泥髭してやらうと思ひ立つ奴がゐても不思議ではなかつた。

戦后間も無く学校に勤めたら、事務所で出席簿を呉れた。そのころは出席簿がまだ閻魔帖の性格を帯びてゐたらしく、先輩の先生の出席簿をちよつと見せて貰つたら、何だかいろいろ書込んであつて驚いた記憶がある。戦后直ぐだから学生のなかには陸士、海兵出身の復員軍人も尠くない。廊下で会ふと踵を揃へて、さつと一礼するから新米教師は吃驚して閻魔帖どころではない。

暫くすると少し馴れて、気が附くと出席簿に印を附ける此方の手許を学生が見てゐる。訳読させた后、その印を附けるに過ぎないが先方は気になるらしい。

ある教室で、ある学生に訳読させた。英語のテクストが何だつたか忘れたが、その学生は閊《つか》へ閊へして一向に進まない。出来ないばかりか何となく苦しさうだから、もういい、と坐らせた。それから暫くしたら、一人の学生が手を挙げて、先生、と云ふ。何となくその辺の空気が落着かない感じである。

——何ですか？

——実は病人が出まして……。

見ると先刻閊へ閊へ訳読した学生が眼を白くして、身体を硬ばらせてゐるから驚いた。どうしたんだい？　と訊くと癲癇《てんかん》の発作を起したと云ふから面喰つた。しかし学生の方は心得てゐるらしく一向に驚かない。

——前にもありましたから……。

と云つて二人の学生が病人を抱へて宿直室に運んで行つた。

——暫く休んでゐると良くなるんです。

学生はさう云ふが新米教師は何となく気がかりである。訳読させて出来ないから止めさせたのが原因ではないかと気になる。出席簿にはただ当てた印を附けるが、出来悪しと書入れたと思つたかもしれない。

授業が終つてから宿直室を覗いたら、よく眠つてゐます、と小使の婆さんが云つたのでやれやれと思つた。その后、出席簿のその学生の名前の上に丸印を附けたが、これは病人なりと云ふつもりである。大体閻魔帖と云つても、その程度のことしか書くことが無かつたと思ふ。昔の先生は何を書込んだのかしらん?

採点表

学年末になると、採点表を事務所に提出する。近頃は何でもてきぱきと手早く片附けるやうになつて、事務所も例外ではない。うつかり提出期日を過ぎても出さずにゐると、事務所からうるさく催促される。先生の方も心得てゐて、締切日に遅れないやうに提出する人が多くなつたが、昔は先生ものんびりしてゐたが事務所も至極のんびりしてゐたやうである。卒業する学生の級は別だが、さうでない場合はうるさく催促するやうなことはなかつた。催促されないから、先生の方はますますのんびり構へてしまふ。

これはある人から聞いた話だが、某先生は採点の結果を一向に提出しない。事務所の方でしびれを切らして催促した。何でもその級に卒業予定の学生が数人入つてゐて、それだけはどうしても採点の結果が必要だから催促したらしい。電話で怖る怖るその旨を伝へると、

——ああ、みんな採点してある。

と先生は仰言る。採点してあれば提出すれば良からうと思ふのは小人の浅墓な考へで、大先生ともなるとまた別の事情があるらしい。では、いつ頂けますか？　と訊くと其方で名簿

を用意すればこれから順に点数を云つてやると云ふから、事務所は喜んで早速名簿を用意した。大先生は電話で、何十点、何十何点、と点数を云ふ。それを事務員が順に名簿に記入して行つて、名簿に学生の名前は無くなつたのに先生は相変らず何十点とか続けてゐるから、記入してゐる方は面喰つた。

——先生、もうありませんが……。

怖る怖る注意すると、このとき先生少しも騒がず、

——無い？　ああ、さう。それでは終り。

本当かどうか知らないが、話して呉れたのは頗る真面目な人物だから多分本当だらうと思ふ。こんな例は幾つもあるが、もう一つ、矢張り人から聞いた話を紹介する。

怖い難しい老先生がゐて、この先生が採点表をなかなか提出しない。事務所の方もこの先生のことは心得てゐるから、それにのんびりした時代だつたから、その辺は適当にやつてゐたのだらうと思ふ。ある年、その老先生が事務所にのこのこ入つて来て、締切日前なのに採点表を提出した。前代未聞のことだから、どう云ふ風の吹廻しなのかと事務所が吃驚仰天したのも無理は無い。

——はやばやとお届け下さつて有難うございます。

と叮重に礼を云つて、老先生が出て行つてからその採点表を良く見ると、去年の分の採点

だつたさうである。あれには全く驚きました、と話して呉れた事務の人も老先生も共にいまは亡い。こんな話を想ひ出すと、陳腐な云草だがまさに隔世の感を覚える。

昔の教室

先日、或る本でG・K・チエスタトンの写真を見て、ひよつこり某先生を想ひ出した。昔、或る学校でその先生の英語の講義を聴いたが、その頃先生は確か高等師範の先生で、掛持でわれわれの学校に来てゐた。身体の巨きな雄牛のやうな人で、想ひ出した所をみると、チエスタトンに似てゐたのだらう。尤もチエスタトンより大分唇が厚かつたと思ふ。ミルンとかJ・K・ジエロオムの随筆を読んだ気がするが、内容はさつぱり記憶にない。

クラスに一人英語の出来ない学生がゐて、銀座とか酒場に行くと矢鱈に威勢が良いが、教室では莫迦に神妙にしてゐる。どう云ふものか、某先生はこの学生某を眼の仇にしてゐるやうな所があつた。一度、サアカスと云ふ単語が出て来たら、先生は訳読を中止して某に話掛けた。

——某君、君に訊ねるが、君はサアカスと云へば曲馬団だと思ふでせう？

——はい、さう思ひます。

——それで、他に意味があるとは考へないだらう？

――考へません。

――だから君は駄目だ。サアカスには広場と云ふ意味があるんで、この場合もその意味だとは君は夢にも考へないだらう？

――はい、考へません。

――さうだらう、大体、君はさう云ふ人だ。ああ、何とも……。

先生は嘆かはしさうに首を振る。某の席は一番前の真中で、小さな教室だから向き合った先生と一米と離れてゐない。

――全く厭になるぜ。サアカスなんてどうだつていいけど、矢鱈に俺の顔に唾を飛ばしやがんで敵《かな》はねえや……。

某は某で、授業の終つた後、頻りにぼやいてゐた。

或るとき、某が遅刻して教室に這入つて来たことがある。先生は講義を中止すると某をつくづく眺めて、君は床屋へ行つて来たやうな顔をしてゐるが、恋人にでも会ふつもりか？と訊いた。某は面喰つたらしく、いいえ違ひます、と云つても先生は承知しない。

――いや、きつとさうだ。しかし学生風情では何をしたつて高が知れてゐる。例へば君は恋人に五円の果物籠をプレゼントしますか？　出来ないだらう？　出来る筈が無い。

何故、五円の果物籠が出て来たのか判らないが、口の悪い奴が先生は五円の果物籠が買へずに女性に振られたのだらう、と蔭口を利いた。先生は仏頂面をしてゐて、滅多に笑はなかつたが、后から考へると教育熱心ないい先生だつたと思ふ。何年か前、新聞で先生の訃を知つたとき、先生と一緒に某のことも想ひ出して、昔の教室が懐しかつた。

たばこ随想

奇妙なやりとり

戦争が終つてまもないころ、あるとき、都電に乗つてゐたら、一人の肥つたアメリカの将校が乗りこんで来て、いきなり僕に――港に行くのはこれでいいか？　と訊いた。話を聞くとどうも東京港辺りらしいので、車掌に訊ねて道順を教へてやつた。気むづかしさうな顔をした中年男だつたけれども、案外気さくに自分は少佐で乗つてゐたジイプが故障したのだとか話した。

彼が乗換へる停留場が近づいたので、この次降りるのだと教へると、そのアメリカ人はポケットから煙草を取出し、三本ばかり僕に差出した。僕は要らないと云つた。何故さう云つたのかよく判らない。すると、彼はちよつと妙な顔をして、こんどは別のポケットからまだ封の切つてないラッキイ・ストライクを取出すと僕の手に渡してさつさと降りて行つた。それだつて返さうと思へば返せたのに受取つたのは、これも何故かよく判らない。いま想ひ出しても、妙な気がするのである。

夜店のパイプ

中学を出てまもないころ、シャルル・ルイ・フイリツプの手紙を読んでゐたら、海泡石のパイプを用ゐてゐるとか書いてあつて、ひどくパイプが欲しくなつた。しかし、海泡石のパイプはたいへん高くて手が出ない。たまたま夜店に安いパイプが並んでゐるのを見つけて、試みにそれをひとつ買つた。確か五十銭だつたと思ふ。それから、煙草屋にフランスの刻み煙草と云ふ奴があつたのでそれを買つた。あとで判つたが船員用の安煙草だつたらしい。

安物のマドロス・パイプに安物の刻み煙草をつめて、それでも少しばかりいい気持になつた。それをもつて友人の家を訪ねて、得意になつてゐたら、煙草がつまつて煙の出具合がよろしくない。机の端でとんとんと叩いてつまつた煙草を出さうとしたら、パイプが継ぎ目から二つに折れて雁首がころりと転つた。

ブライアのパイプを無理して買ひ求め、大事に使ふやうになつたのは、その後暫く経つてからである。

過ぎたるは……

バアなぞで煙草を咥へると、素早く火を点けてくれる。ときには火が点かなくて、もう一本マッチを擦るまで待たされたりする。何となく間の抜けた気がする。僕は煙草の火は自分で点ける方がいい。点けて貰ふのは何となく煩はしい。それに点けてくれるのはいいけれども、風も吹かない店のなかで、火の上に屈みこまねばならぬやうな場合が多いのにも閉口する。キヤツチヤアがピツチヤアにいい球を返すやうに、顔に近い高さにもつて来てくれればいいのにと思ふ。

一度は、パイプに煙草をつめてくれようとした女性があつて、このときはむろん願ひ下げにした。しかし、イギリスの昔の小説を読むと、女性にパイプを差出して煙草をつめてくれと頼むのが相手の女性に敬意を表する方法だとか書いてある。もしそんな習慣があつて、眼前に素晴らしい美人でもゐたら、そのときはそのときの話である。何ごとにも時と場合と云ふものがある。

友の戦死

戦後の深大寺は知らないが、戦前の深大寺には二、三度行つたことがある。一度は学生のころで、友人の伊東と云ふ男と一緒に行つた。いまはたいへん賑からしいが、そのころはたいへん静かで、寺の外の水の落ちるところで裸の男が水に打たれてゐる他、人影らしいものは見当らなかつた。寺の近くには水車小屋があり、水車がゆつくりまはつてゐて、いかにも晩春らしい気がした。僕らが小屋のなかにゐる婆さんと無駄話を交したりしてゐると、大きな石臼がごろりごろりと音を立てたりした。

その次行つたのは初夏のころで、そのときは一人で行つたのである。伊東と一緒に行つてから二年ほど経つたころで、そのころ僕はもう学生ではなかつた。生憎雨が降り出したので、僕は建物のかげに雨を除けながら煙草を喫んだ。雨に打たれる緑は美しかつた。しかし、煙草は苦かつた。その数日前に、僕は伊東の家から彼の戦死の知らせを受取つてゐたのである。

大先輩への気兼ね

僕が始めて喫んだ煙草はチエリイで、チエリイが桜となり、やがて僕の前から姿を消すまで愛用した。チエリイの罐入りの奴もよく買つた。暫くすると細巻の罐も出て、これもよく買つた。蓋についたつまみみたいな奴をちよいと動かして、強くかぶせるとポオツと中蓋が切れる。この感じは悪くないし、それに始めて蓋をとつたときの香も好きである。いまでもピイスや外国煙草の罐を買ふのは、そのためと云つてよい。しかし、スリイ・カスルなんか昔の方が美味かつた気がするがどんなものなのだらう。

始めて、ある大先輩のお宅に伺つたとき、その先輩はバツトを喫んでおられたので、何となくチエリイを出しそびれて、その次伺ふときはポケツトにバツトを入れて行つたこともある。尤もそのころは、バツトの味はラツキイ・ストライクによく似てゐたやうに思ふ。もう二十数年前のことで、考へるとバツトの段段になつた吸口もなつかしい気がするものである。

爆弾の下の鎮静剤

戦争中は、家がある大きな飛行機工場の近くにあつたので再三空襲に悩まされた。昼となく夜となく、防空壕に潜りこまねばならない時期があつた。

そのとき、僕はいつもパイプを忘れぬやうにした。防空壕に這入つてパイプに火を点ける。すると妙なことに気持が治まつた。事実、僕のゐる防空壕から三十米と離れぬところに爆弾が三つも落ちたことがある。そんなときでも、パイプを咥へてゐると奇妙に落ちついてゐられた。

夜間空襲で頭上に敵機の見えないときは、壕を出てパイプの雁首を下に向けて咥へてゐた。僕の気に入りのゲリイ・クウパアとフランチヨツト・トオンの出演する何とか云ふ戦争映画があつて、雨の夜の場面でフランチヨツト・トオンが雁首を下に向けてパイプをふかす。そんな場面を想ひ出したりした。火皿のささやかな火と、掌に感じる温もりと、それがそのときの僕の気持を鎮めてくれたとすると、それは一体何故なのだらう?

II

アカシア

　僕はかねてからアカシアと云ふ木は悪くないと思つてゐた。しかし、一度も見たことはなかつたから、アカシアと云ふ名前は悪くないと思つてゐた、と訂正した方がいいかもしれない。サツポロの街にはアカシアの並木があると云ふ。それを見にサツポロに行きたいと思つた。何故、アカシアがいいと思ひ込んだのかよく判らない。おそらく、サンザシとかカラタチとかネムとか、童謡の日の想ひ出につながるのかもしれぬが、アカシアの出て来る奴は一向に想ひ出せぬから不思議と云ふほかない。

　いまの家に引越してまもないころ、近くにアカシアのひこばえがあるのを教へられて三本ばかり抜いて来た。何れも一尺たらずの貧弱な奴で、植ゑて三、四日すると枯木も同然の姿になつてしまつた。甚だ心外に思つて、一本を折つてみたら、なかはまだ青かつた。まだ枯れてしまつたのではあるまい、と思つて残りの二本はそのままにしておいた。

　そのころ、若い友人のMが自転車に野薔薇の株をつみこんでやつて来た。野薔薇は悪くないから、僕も庭の一隅に植ゑるのに異存はなかつた。

――ここがいいでせう。何です？　このへんなの？

僕はMにアカシアだと教へてやつた。が、葉つぱは一枚もなく妙に筋ばつたやうな細い幹にトゲをくつつけてゐるアカシアは洵《まこと》にみつともなかつた。しかし、何れは大木になつて美しい花を咲かせるのだ、と僕は説明した。

――どんな花ですか？

僕は大いに面喰つた。何しろ、美しい花が咲くのだらうと思つてはゐたけれども、一度も御眼にかかつたことがないから説明の仕様がない。Mはアカシアなぞ一向に有難がらなかつた。

――こんなの抜いちやつて、ここに野薔薇を植ゑませう。

冗談云つちやいけない。僕はMを説得して野薔薇は別のところに植ゑることにした。Mは頻りに野薔薇を讃美しアカシアを貶した。野薔薇讃美のために蕪村の句を引用した。白秋の「断章」の一節を、更に佐藤春夫氏の「ためいき」の一節を引用した。

Mが貶したにも拘らず、翌年の春から夏にかけてアカシアは驚くばかりの成長を示した。が、困ることが出来た。何しろ、アカシアがこんなに急速に成長するものとは知らなかつたから、僕は植ゑる場所を間違へてゐたのである。庭に這入ると、庭と垣根の間の露路みたいなところを通つて、家に沿つて曲がると縁側に出る。親しい人は、大抵縁側の方にまはつてくる。その曲る角にアカシアを植ゑておいた。

夜、ある友人はアカシアに顔をひつかかれたと文句を云つた。ある友人は着物がひつかかつた、と不満を洩らした。雨の日は、アカシアのおかげで衣服が濡れてしまつたと不平を述べる知人もあつた。僕は剪定鋏を用ゐて、出来るだけアカシアの及ぼす被害を最少限度にとどめようとした。が、何にもならなかつた。アカシアはあとからあとから繁茂した。また事実、よく茂つたその姿は満更僕の気に入らぬこともなかつたと云つてよい。いま移植すると、また枯れたも同然の姿になつてしまふ。秋になつたら移さう、さう思つた。

そのころ、植物辞典が出て来たので、僕はアカシアを探した。その結果、僕は芳しからぬ発見をした。どうやら、僕の植ゑた奴はニセアカシアと云ふものらしかつた。アカシアはいいけれども、その上にニセがつくのは一向に感心出来なかつた。感心出来なくても、既に植ゑてしまつたのだから仕方がない。僕は上の二字を忘れることにした。

秋になつて植木屋にアカシアを移して貰つた。植木屋の親爺は、ものずきな人間もゐるものだと云ふ顔をしてゐた。大体、アカシアなんて崖崩れを防ぐのに植ゑたりするぐらゐで、庭に植ゑちやをかしい、親爺はそんなことを云つた。

——でも、花が咲くだらう？

——ええ、でも刈り込まずにおいたらの話です。

ところが、親爺はすつかり刈り込んでしまつてゐたから話にならない。

その後、数年してアカシアは四米ぐらゐの木になつた。が、妙なことに、植木屋は僕のゐない留守に来てはアカシアを坊主にした。鋸を用ゐて手術を施すらしく、そのあとは前衛派の生花みたいにへんてこな恰好になつてしまふ。親爺の植ゑたレンゲウ、ポポ、コデマリ、ユキヤナギ、ヤマブキ、ゲツケイジユ、その他が二本のアカシアの陽蔭になつてしまふのが気に入らぬらしかつた。

去年の秋、植木屋の親爺が暫く顔を見せぬからアカシアは大いに茂つたと喜んでゐたら、一夜、颱風がやつて来てアカシアの一本はポキリと折れて庭の四分の一をその残骸で蔽つてしまつた。もう一本も大きな枝が折れてしまつた。アカシアばかりではない。葡萄棚も落ちてしまつた。後片附けに来た親爺は、嬉しさうな顔をして一本のアカシアを根元から伐り、根を掘り起した。もう一本もさうしようとしたから、僕はあわてて止めて貰つた。

この春、Mの野薔薇はいい匂ひを放つ白い花をつけた。が、アカシアはまだ芽を吹かない。

白秋の詩に、

あかしやの金と紅とがちるぞえな

と云ふ一行がある。果して僕はこの一行故にアカシアを伐らぬのか？　実際のところは僕にもよく判らない。何やら悪因縁と云ふものかもしれぬのである。

猫

妙な猫がゐて、わが家に上つて来る。

最初、この猫が無断家宅侵入罪を犯したのは、多分、一年半ばかり前だと思ふ。どう云ふ具合でさうなつたのかよく憶えてゐないけれども、部屋の真中に見知らぬ猫がすまして坐つてゐたから、僕はシッと云つて睨みつけた。もつと正確に云ふと、僕の考へからすると僕の姿を見ただけで猫の奴は退散するのが当然だと思つてゐた。ところが、平気な顔をしてゐるから、シッ、とたしなめてやつたのである。

幾ら厚顔《あつかま》しい猫でも、シッと追はれたら一目散に逃げ出すものである、と僕は考へてゐた。が、この猫は一向に狼狽しなかつた。狼狽しないばかりか、僕の顔を眺めて、

——あら、失礼な、これは、あたしのうちですわよ。

と云はんばかりに、ミヤウ、と鳴いた。僕は大いに面喰つた。同時に、いやに落ちつき払つていやがるなと内心面白くなかつた。そのとき、それからどうしたか忘れてしまつたけれども、それ以来、この猫がちよいちよいやつて来るやうになつた。

——あの猫、今日、鼠を捕つたわ。

と、ある日、家のものが云ふのを聞いて、何故、猫がわが家に侵入するか合点がいつた。一向に自慢にならぬが、わが家には鼠がゐる。御近所では大抵猫を飼つてゐるらしく、僕のところに鼠が集つて来てゐるのかもしれない。大体、うちのものは猫が好きぢやない。犬は二度ほど飼つたことがあるが猫は飼つたことがない。

わが家の鼠を捕りにやつて来るのなら別に追つ払ふ必要もない。むしろ、歓迎してもよい。だから、この猫が悠然と侵入して来ても——その落ちつき払つた恰好はどうも気に喰はぬが——見て見ぬ振りをすることにした。

すると彼女は——因みにこの猫は女性であるが——まるで自分の家にでもゐるやうに、寝そべつたり、襖をガリガリ掻いたり、お化粧したりした。小柄で、黒と白の猫であるが、黒が全体の三分の二ほどを占めてゐて、さしづめ人間にするとパリの御婦人ぐらゐのところかもしれない。さう思つて見ると、顔も満更悪くないのである。

それに、この猫は食卓の上に食物がのつてゐるところに来あはせても見向きもしない。すまして傍を通りすぎて、横眼も使はない。たいへん行儀のいい猫だとこれには僕も大いに感心した。僕が感心したのが猫の奴に聞こえたのかもしれない。その後、庭に僕が出てゐたら、この猫が垣根から這入つて来て、

——ミヤウ。

と鳴きながら、僕の足に身体をこすりつけた。撲つたいから、おい、止せよと歩き出しても、くつついて来て離れないのである。何だか気持が悪くなつて縁に上つたら、猫は葡萄棚の柱に頭をこすりつけた。

猫と女は呼ばないときに来る、と云ふのは嘘ぢやない。それから暫くして、近所を歩いてゐたら、一軒の家の前にこの猫がすまして坐つてゐるのを発見した。

——おい。

名前を知らぬから、さう呼んだら、猫の奴は知らん顔をして横を向いた。何だか馬鹿にされたみたいな気がするけれども、猫を相手に怒つても始まらないのである。

うちへ帰つてこの話をしたら、猫が坐つてゐた家が彼女の飼主の家だと判つた。何でもうちのものがその家の奥さんに——お宅の猫がよくうちに来る、と話したら、その奥さんが——あれはもう勘当しましたの、と答へたと云ふ。

何故、勘当されたか判らないけれども、多分パリジエンヌはお尻が軽いのだらう。

その裡、この猫は僕の家をわが家と心得てゐるらしい様子を露骨に示し出した。尤も、鼠を捕ると、勘当された筈の飼主の家に運んで行つて見せるらしいから、僕の家は別荘ぐらゐに思つてゐるのかもしれぬが、ともかく、他の猫と一緒にわが家の庭に這入つて来ても自分だけすまして縁に上り込む。僕が見てゐるから、他の猫は遠くで様子を窺つてゐる。彼女は寝そべつて脚や手を舐め始める。他の猫は何やら恨めしさうな顔で僕を見ながら帰つて行つてしまふ。

客がゐると、すましてその膝にのつてしまふから、彼女の厚顔しさも相当のものだと思ふ。いつだつたか、若い女の客がゐて、話してゐるところへ猫の奴が上り込んで来た。

——あら、とその客は云つた。いらつしやい。

そして膝を叩いた。むろん、僕に云つたんぢやない。猫の奴は落ちつき払つてその娘さんの膝にのつかつて、眼を細くして咽頭をゴロゴロ鳴らしてゐた。娘さんは、

——まあ、可愛いこと。名前、なあに？

なんて猫に訊いてゐたから、僕は黙つてゐた。でも僕に訊いても僕はその猫の名前を知らない。娘さんは多分猫が好きなのだらう、何とかかんとか云ひながら頻りに彼女を愛撫してゐた。多分、娘さんは半分はわが家の猫へのお世辞として愛撫したのだらう。気の毒な話である。僕は知らん顔をしてゐた。

——図図しい猫だな。

と思つた。

一度は若い知人が遊びに来てゐるとき猫がその膝にのつかつた。彼はたいへん迷惑さうな

顔をしてゐた。

——それは、うちの猫ぢやないんだ。

僕が教へてやると、彼は大急ぎで猫を庭に放り出して実は猫が大嫌ひなのだと告白した。どうも、訪ねて行つた先の動物にまで気を使はなくちやならぬなんて莫迦な話だと思ふ。しかし、事実はさうなのだから困る。このごろ、僕は猫が這入つて来ると即座に客に教へてやることにしてゐる。

——これはうちの猫ぢやないくせに、うちの猫みたいな顔してるんだ。

——へえ？

大抵の客は少しばかり呆れた顔をする。さう教へてやつても、まだ猫をどう扱つてよいか迷つてゐるらしいひともゐる。

最近、この猫は昼間はしよつちゆう、挨拶もせずにわが家に出入する。夜になつて戸を閉めてゐると、トントンと庭の方の開き戸を叩くから、うちのものが入れてやると、当り前のやうな顔をして這入つて来る。這入つて来ると茶の間の卓子の下で眠つてしまふ。眠つてゐるかと思ふと、不意に跳び起きて台所の方へ突進する。が、このごろは鼠も滅多に捕らない。いつだつたか、うちのものが魚をやつたら食べなかつたと驚いてゐた。焼き肉の残りをやつたら喜んで食べたが、パンはバタをつけた奴ぢやないと食べないとこれも驚いてゐた。僕に云はせると、この猫は少し生意気であつていい気になつてやがると思ふ。あんまり慣れ慣れしくするな、と一度こらしめてやるつもりでゐるけれども、猫の奴は平気なものである。うちのものが寝てしまつて起きないときは、書斎の窓の網戸の外へ顔を見せてミヤウと鳴く。腹が立つけれど、仕方がないから入れてやると、どつかに消えてしまふ。出たくなるとうちのものの寝てゐる方へ行つて、ミヤウ、ミヤウと鳴いて出して貰つてゐる。これが、うちの猫ではないのだから、どうも妙な話だと思ふ。

タロオのこと

ロフテイングと云ふ人が、ドリトル先生と云ふ、動物の言葉が判る人物を、主人公にした物語を何冊も書いてゐる。

ドリトル先生は動物の言葉が判るだけではない。動物が大好きで、動物の医者としても世界一の腕前を持つてゐる。この物語は、子供向きに書かれたものであるが、大人が読んでもたいへん面白い。

その一冊のなかで、このドリトル先生は「私は血統書つきの純粋な犬より、雑種犬の方が好きだ」と云ふ意味のことを云つてゐる。雑種犬の方が純粋種より気立てもいいし利口だと云ふのである。

もしかすると、ロフテイングは、利口で気立てのいい雑種犬を飼つたことがあるのかもしれない。

僕も二度ばかり犬を飼つたことがある。二度とも雑種犬であるが、僕の場合は別に雑種の方がいいと思つたわけではない。

最初のときは友人の一人が、うちの犬が仔を産んだがいらないかと云つて来たので、それでは貰はうと云ふことになつたのである。すると、友人はリュック・サックに仔犬を入れて、背中に背負つて持つて来た。

もう十年以上も前のことで、そのころ、僕は病気で、窓際においたベッドに寝てゐた。当分ベッドに寝てゐなければならない状態だつたから、退屈しのぎに窓の下に仔犬をつないでおくことにした。少しばかり間の抜けたやうな顔をした仔犬で、足がバカに大きかつた。

——こいつは足が大きいから、と友人は云つた。きつと大きくなるかもしれないよ。

——この犬は雑種だらう？

——うん、しかし、秋田種が強いかもしれないね。

友人が帰つてから、僕はその犬にタロオと命名した。それから、小さな犬小屋をつくつてもらつて、夜はそこに寝せることにした。しかし、昼間は窓の外につないでおいた。

そのうち、僕は二つのことに気がついた。一つは、タロオがたいへん怠者らしいと云ふことである。もう一つは、タロオがたいへんくひしん坊だと云ふことである。

窓の外につながれてゐるタロオは、ベッドに寝てゐる僕を見習つたわけでもあるまいが、いつもごろんと地面に寝そべつて、居睡りばかりしてゐた。

窓から顔を出して名前を呼んでみても、ちよいと薄眼をあけるだけで、また眠つてしまふ。

裏口の方から、屑屋とか御用聞が庭に入つて来ても、知らん顔をしてゐる。

——ずゐぶん、おとなしい犬ですね。

と云はれるのはいいが、僕には間抜けな犬ですね。と云はれてゐるやうに聞える。内心、おいタロオ、たまには吠えてみたらどうだ、と思ふけれども、タロオは僕の気持なぞ一向に忖度しない。なんとも頼りないこと甚だしかつた。

近所の猫どもも、タロオをすつかり軽蔑したらしい。わが家の狭い庭先を、ゆうゆうと通りすぎて、タロオなぞ眼中にないらしい態度を示した。

なかにはミヤウオと鳴いてみたり、わが家の柿の木で、がりがり爪を舐ぐ厚顔しい奴もゐた。が、タロオはちよいと横眼で猫を見るだけで相変はらずごろんと寝そべつたままである。

——タロオの奴は、少し足りないんぢやないかな。

——おつとりしてるんでせう。

うちの者はさう云つた。しかし、僕には少し足りないか、たいへんな怠者か、そのどつちかに思はれた。

ところが一年ばかりして、タロオが事件を引き起こした。植木屋の爺さんのズボンの尻のところに嚙みついたのである。

植木屋の話だと、なんでも冗談半分に、タロオを突くか何か、いたづらしたらしい。おとなしい犬だと知つてゐたから、別に用心もしなかつたと見える。

するど、タロオが唸り声をあげたので、びつくりして逃げようとしたらズボンを嚙み千切られたのである。

鎖でつないであつたからよかつたけれども、鎖がなかつたら、ズボンだけでは済まないことになつたかもしれない。

これには僕も驚いた。しかし、もつと驚いたことには、これがきつかけとなつてタロオの性格が一変したのである。

それまで、誰が庭に入つて来ようと、我関せず、と構へてゐたのに、それからは人が入つて来ると、猛烈に吠えるやうになつた。

大きな犬が、大きな声で吠えるから、みんな驚いて出て行つてしまふ。

吠えられないのは、タロオが仔犬のときから、しよつちゆう僕のところに遊びに来る、近所の友人だけである。

そのくせ、タロオの半分ほどもない、うちの小さな娘が、お手、とか、お坐り、とか命令すると、大きな前足を上げたり、どつかり坐つたりする。

気が向かないで動作が鈍いと、娘が小さな手で、タロオの頭をぴしやんと叩く。すると、たいへん申し訳ないと云ふ顔で、低く頭を下げて許しを請ふ。そんな恰好を見ると、滑稽でなんとも妙な気がした。

夜、外から帰つて来て庭の方に行くと、タロオは甘つたれ声を出して、僕の手をペロペロ舐めようとする。そんなとき、

——あんまり吠えちやいかんぞ。

と、お説教するけれども、一向に効目はないのである。むろん、近所の猫どももタロオに一目も二目も置くやうになつて、垣根の外を通るときも横眼でタロオの動勢をうかがふ。

そのうち、犬の放し飼ひを禁止する旨の通達があつて困惑した。僕は医者からしばらくは重いものも持つてはいけない、と云はれてゐる。

——うちの者は誰も図体の大きなタロオを、引つ張つて散歩させることができない。

と考へると、落ち着かないでゐたのである。

ある日、知り合ひの学生が遊びに来たとき、その話をした。すると、二、三日してその学生がまたやつて来て、タロオを譲つてくれないかと云ふ。

その学生の家は郊外にあつて、かなり大きな農家である。彼が父親にタロオの話をしたところ、親爺さんがぜひ譲つて欲しい、と云つたと云ふのである。去年、畑にスイカをつくつたところ、スイカ泥棒にやられてひどい目にあつた。それで今年はスイカ泥棒を防ぐために、番犬を置かうと思つてゐた。タロオの話は、云はば渡りに舟だと云ふのである。

僕もうちの者も、タロオを手放したくはない。が、狭い家の狭い庭で図体の大きな犬を飼ふことがだいたい無理である。

第一、そんなに大きくなると思はなかつたのが間違ひだつたわけだが、それに、放してやらなければ運動不足でタロオも困るだらう。

結局、学生は菓子でタロオの機嫌をとつて、自転車に鎖でつないでタロオを連れて行つた。タロオは何も知らぬから、運動させてもらへると思つて喜んだのかもしれない。心配するほどのこともなく、自転車と一緒に勇ましく飛び出して行つた。その日の夕方、うちの者が、

——ああ、タロオの御飯……。

と云ひかけて黙つた。それから何日かは、タロオがまだゐるやうな錯覚に、ときどきおちいつた。庭先に知人がひよつこり現はれたりすると、タロオの奴、よく吠えなかつたな、と思つて苦笑したりした。

それからしばらくしたら例の学生がスイカを沢山持つて礼に来た。タロオのおかげでスイカ泥棒が出なかつたらしい。

——タロオは元気かい？

——ええ、ぜひいつぺん会ひに来てください。おふくろもぜひ来ていただきたい、と云つてますから。

僕もタロオに会ひたかつたから、小さな娘と一緒に出かけることにした。K駅に着いたら学生が待つてゐて、一緒に彼の家まで歩いて行つた。十分ばかり歩いたら、前方に農家が見えて、同時に犬の吠える声が聞えた。

――タロオだ、タロオだ。

小さな娘が喜んだ。事実、それはタロオの声で、タロオの奴はまだ三、四百米も遠くから足音を聞きつけて吠えてゐる。これではスイカ泥棒も近づけないだらう。

タロオは猛烈な声で吠えてゐたが、入口近くまで行つたとき、僕と娘が――タロオ、と交互に呼ぶ声を聞くと、ぴたりと吠えるのをやめた。

タロオは納屋につながれてゐて、僕と娘を見ると、何やら面喰つたやうな顔をした。が、僕がタロオと云つて、頭をなでると猛烈に尻尾を振つて僕の手を舐めた。学生の母親は、

――よく憶えてゐるものだこと。

と頻りに感心してゐた。この家に来て以来、この家の人間以外の者には決して親愛の情を見せたことがないのだと云ふ。

――いまだから云ひますが、と学生は云つた。連れて来たばかりのときは、一週間ばかり何も食はないんです。死ぬんぢやないかと心配で、お返ししようかなんて、相談したりしました。

それを聞いて、僕はちよつと弱つた。タロオにたいへん申し訳ないことをしたと思つた。

くひしん坊のタロオが、何も食はなかつたと云ふのは、よほどのことに違ひない。何も食はずに、僕が迎へに来ると信じこんでゐたのかもしれない。そのとき、タロオが僕が持つて行つた煎餅を喜んで大いに食つた。

タロオがいまどうなつたか僕は知らない。生きてゐれば爺さんだらう。あるいは、もう死んだかもしれぬ。

タロオのあと、子供が欲しがるのでクマと云ふ、仔熊みたいな小さな犬を飼つたが、これは病気で死んだ。

現在、犬のゐないわが家の庭を、猫どもはわがもの顔に横行してゐて、「こら！」と云つても、見向きもしないのである。

陶池

僕の家の庭には火鉢が一箇埋めてあつて、これを「陶池」と云ふ。陶池と云つたところで、それは僕が勝手にさう呼んでゐるのであつて、そんな言葉はない。

ある日、わが家の庭にどこから来たのか一匹の亀がやつて来た。のそのそ這つてゐるのを見つけたから簡単に摑まへた。摑まへたけれども、入れるものがない。ちやうど、空いてゐる安物の火鉢があつたから、これに入れた。入れたついでに、庭に穴を掘つて火鉢を埋めた。水を張つて、四角い石を二つ重ねたら、亀の休憩場が出来上つた。

この亀は火鉢のなかで丸三年ほど生活した。泳いだり、石の上で甲羅を干したりして、御本尊はどう思つてゐたか知らぬが、はた眼には至極のんびりやつてゐるらしく見えた。ときどき出してやると、威勢よく歩き出して、きまつて草の葉の蔭にゐる蝸牛をぱくりとやつた。どうして蝸牛のゐるところが判るのか、むろん僕にはさつぱり判らなかつた。

そのうちに、この亀の甲羅のお尻の方に蓑がついた。最初はごみがくつついてゐるんだらうと思つてゐた。ところが、いつ見てもごみをつけてゐる。そこで試みにつまんで見ると、取れないのである。泳がせて見ると、水のなかに濃い緑色をした房をゆらゆら曳つぱつてゐた。長さ五センチばかりで、泳いでゐるときは拡がつて悪くないが、休憩場に上つてゐるときは――殊にすつかり干上つてゐるときは、何だか薄汚くて貧弱で恰好がよろしくない。

僕は蓑の生えた亀は至極珍らじからうと考へた。友人連に自慢したけれども、誰も感心しないのは意外であつた。誰か然るべき専門家に――上野動物園あたりに問ひ合はせてみようかしらん、と考へてゐたら、ある夜、大雨が降つて亀がゐなくなつてしまつた。いつもは、蔽ひをかけるのであるが、うつかり忘れてゐたため溢れた水と共に消えてしまつたのである。

しかし、僕が陶池なる妙な言葉を思ひついたのは、亀に蓑が生えて間もなくである。蓑をゆらゆらさせて泳いでゐる亀を見てゐたら、忽然として陶池なる名詞を思ひついた。火鉢の池ぢや蓑の生えるぐらゐの老亀公に相すまぬと思つたのかもしれぬ。

折角、陶池と云ふ言葉を思ひついたのに、御本尊はゐなくなつてしまつた。火鉢を掘り出してもいいけれど、火鉢のまはりには寒竹だとか沈丁花が根を降してしまつて、それも掘り返さねばならない。面倒臭いから、放つておいたら夏が近づいて蚊の繁殖場になる危険が大きくなつた。仕方がないから、金魚売りがまはつて来たとき、五匹ばかり買つて放した。亀のゐたときには、泥を沢山入れておいたので亀はその泥のなかで冬を越したけれども、金魚に泥は不要だからみんなとり出してしまつた。

昔、友人で金魚を飼つたと云ふ男がゐた。飼つた——と云ふのは水のなかに入れて見物したと云ふのとは違つて、本格的に繁殖させたのださうである。何故、そんなことをやつたのか了見が判らないが、その話を聞いたとき、僕は驚いて訊ねた。

——君は金魚の雌雄が判るのか？

友人は黙つて暫く考へてから答へた。

——雌はおなかが大きくなるからね。

僕が笑ひ出したら、友人もつられて笑つた。何でも金魚の産卵期には棕梠《しゆろ》の繊維を入れてやると、それに卵を産みつけるのださうである。僕が笑つて聞いてゐたら、友人は、

——ほんとだよ。

と、念を押した。嘘だとは思はない。しかし、おなかが大きくなることで、烏ならぬ金魚の雌雄を知る人物の話は本気で聞くわけにも行かぬ。この友人は戦争に行つて死んでしまつた。

金魚を陶池に放したとき、僕はこの友人を想ひ出した。しかし、僕の買つた金魚はみんなほつそりしてゐて、おなかの大きい奴は一匹もゐなかつた。何れも水草の間を威勢よく泳いでゐた。が、三日目、十日目、と一匹づつ白い腹を見せて水に浮いて、一ヶ月と経たぬ裡に、残つてゐるのは一匹になつてしまつた。

どうせ、ぼうふら退治に放したのだから、一匹だつて構はない。夏の終りごろまで生きてゐればよい、と思つてゐたら、この金魚は秋が来ても死なながつた。冬が来ても泳いでゐた。これには僕も大いに感心して積極的に金魚の越冬対策を講じてやることにした。つまり、亀がゐたときと同じやうに蔽ひをかけてやつたのである。蔽ひをかけたら、金魚のことはすつかり忘れてしまつた。

先日、何だか春めいて暖い日に、忘れてゐた金魚のことを想ひ出して蔽ひをとつてみたら、水草の下の方で赤いものがちらりと揺れた。細い竹の先でつついたら、ひらりと身を翻へした。

——おい、金魚の奴、まだ生きてるぜ。

と怒鳴つたら、家中の者が覗きに来た。生きものは生きてゐるのが一番いい。

鶯

近頃はあちこちに団地と云ふものが出来て、団地族とか何とか云ふ言葉すら生れてゐる。僕の知人の一人も、一年ほど前この団地のひとつに這入り、至極手頃で住み良いといい御機嫌であつた。ところが、最近になると団地住居に厭気がさして来たと云ふ。対人関係の煩はしさが原因かと思つたら、さうではなかつた。彼の住居は四階にあるから、むろん、庭なぞない。彼の憂鬱の原因は、庭のないこと、つまり土が見られないことにあつた。そして、僕の家の狭い庭を見て、羨ましさうな顔をした。

狭い庭でもないよりはある方がいいから、僕はその点満足せねばなるまい。しかし、僕にも憂鬱の種がないわけではない。例へば、四、五年前までは庭によく「ヲナガ」が三羽四羽とやつて来て、垣根の辺りで長い尻尾をゆすつてゐたりしてゐた。それが最近とんと見かけなくなつた。近くの森が伐られて団地が出来たり、矢鱈に家が建つたりしたためかもしれない。

ヲナガばかりぢやない、トンボも見かけなくなつた。秋のよく晴れた日、トンボがとんでゐるのは悪くないと思ふが、それが一向に見当らない。シホカラトンボとかムギワラトンボとか、赤トンボとかギンヤンマとか、昔の東京の町なかでも見かけたのに、このごろは都心から一時間近く離れたところでも見ない。ある友人の話だと、農薬のおかげで幼虫が死ぬのださうだが、残念に思ふ。

秋と云ふと、紅葉とか時雨とかいろいろあるけれども、僕の頭のなかには鶏頭とかコスモスとかに加へてトンボも欠くべからざる点景になつてゐて、そのトンボが風景のなかから消えたとなると秋の「心象風景」も大分変つたものにならざるを得ない。

しかし、実際は、こんな昔から馴染になつてゐる季節観を考へ直さなくちやならないのだらう。月の裏側が見られるやうな世の中になると、昔の詩人のやうに月に感慨をたくすのも考へものになつてくる。事実、わが国にも外国にも、月に寄する詩歌は尠くないが、このやうな詩歌は次第に消えて行くかもしれない。僕らの周囲から自然の風物が次第に失はれて行くのであつて、或は、自然の風物が在来の面影を失つて行くのであつて、それをとやかく云つても始まらないのである。

事実、アパアトが立ち並ぶ生活には、庭の雑草に光る朝露も問題にはならぬだらうし、盥に雨を聞く夜も何もあつたものではない。つまり、僕らの生活から自然が、自然の風物が次第に消えて行くにすぎない。ただ、それを残念に思ふか思はないかのことで、これは主観の相違と云ふほかない。

先日、若い友人が一人遊びに来て話をしてゐたら、庭の方で何か鳥の声がする。僕は雀が囀つてゐるのだらうと思つたら、その若い友人が、

——鶯ですね。

と云つた。鶯の何とか鳴きと云ふのださうで、鶯はホウホケキヨと鳴くものだと単純に思ひ込んでゐた僕は吃驚した。しかし、同時に頗る嬉しかつた。同じ鶯がどうか知らぬが、この数年春先になると決つて鶯が来ていい声で鳴く。毎朝、僕は夢うつつにこの鶯の声を聞いていい気持になつたものである。どうやら、今年も鶯だけは間違へずにやつて来てくれたらしい。どうやら、僕の庭を訪れて僕を喜ばせる来訪者は、或はこの鶯が最後なのかもしれない。

春をつげる美声

去年の暮れに知人から鶯を貰つて、正月は鶯の声を聞いて過した。貰つた鶯は夜飼ひとか云つて、正月に啼くやうに育てられてゐる。電話がかかつて来て話してゐると、鶯が啼き出すことがある。それが先方にも聞こえて、話の途中で、

——おや、鶯の声がしますが、あれは録音ですか？

と訊く。本物の鶯だと云ふと、へえ、正月に啼くんですか、いい声ですね、と感心する。家の者が電話ですと呼びに来て、受話器を取り上げると用件は云はないで、お宅のは風流ですね、オルゴオルの代はりに鶯の声を聞かせる仕掛けになつてゐるんですね、と云ふ人もある。

——仕掛けぢやなくて、本物の鶯が啼いてゐるんです。

と云ふと、これもいい声ですねと感心する。貰ひものの鶯だから、感心されてもあまり大きな顔はできない。

正月に鶯の声を聞くのも悪くないが、正直のところ、やはり梅の咲くころ、ほうほけきよ

を聞く方が春らしくていい。毎年二月から三月にかけて、庭に鶯が来て啼いた。うつらうつら眠つてゐて、ふと目を覚ますと、鶯の声がする。ああ、春だな、と思ふ。声につられて起きて庭を見ると、鶯の姿はもう見当たらない。隣の庭の方で、ほうほけきよ、が聞こえる。何となくいい気分になる。

それがどう云ふものか、今年は例年のやうに庭に鶯が来ない。家のなかで鶯のなき声がするので遠慮してゐると云ふこともなからうが、毎年来るものが来ないと云ふのは、何となく物足りない気のするものである。

鶯のストライキ

ある日、鶯が急に啼かなくなつた。この鶯は去年の暮に友人から貰つたもので、正月は鶯のいい声を聴いて過した。夜飼ひとか云つて、正月に啼くやうに育てられてゐるのである。僕は小鳥を飼つたことがないからさつぱり判らないが、友人の話によると、夜飼ひと云ふのは夜九時ごろまで鶯に電燈の光を見せて置いて、日が長くなつたからもう春が来たのだ、と錯覚させるのださうである。さうすると鶯は浅墓なもので、春が来た以上は、ほうほけきよ、と啼かねばならないと思ふらしい。何だか鶯には気の毒な話だが、おかげで人間は正月に鶯の声を愉しむことが出来る。

貰つた鶯は桐製の飼桶と云ふ箱に入れてある。これには障子がついてゐて、その障子を明るい方に向けて置くと、箱のなかで鶯がいい声で啼くのである。朝眼を醒ますと、鶯のいい声が聞えるのは悪くない。ところが、ある日、突然啼かなくなつたから不思議でならない。寝床のなかから家の者に、

——今日は鶯の声が聞えないいな……。

と云ふと、さうなんですよ、今朝から一度も啼きません、どうしたのかしら？　と不思議がつてゐる。何故啼かなくなつたのか、理由を考へてゐる裡に思ひ当つたことがある。

鶯の水浴用にと小鉢を買つて来て、それに水を入れて籠のなかに入れてやつたが、一向に水浴びをしない。多分この鶯は水浴びが嫌ひなのだらう、と思つて小鉢を入れるのは中止してゐたら、友人が、そんな莫迦な話はない、水浴びさせなくちやいけない、小鉢で水浴びしないやうなら噴霧器で水をかけてやつてくれと云ふ。

そこで、ある日、天気がいいので鶯の籠を箱から出して縁側に置いて、噴霧器でたつぷり水をかけてやつた。鶯は面喰つたのか嬉しいのか、矢鱈に跳びはねてゐた。そこまではよろしいが、その翌日から啼かなくなつたのである。だから、啼かなくなつたのは、水浴びと関係があるらしい。とつらつら考へてゐて、気がついた。鶯は縁側に出されて、硝子戸越しに庭を見たに違ひない。春はまだ来ないから、庭は冬景色と云つてよい。鶯はそれを見て、春が来たと思つたのは大間違ひで、実は人間に欺されてゐたのだ、と悟つたのかもしれない。さう悟つたら、ほうほけきよ、なんて啼けるものではない。断じて啼いてやるものか、とストライキを始めたに違ひないのである。さう話したら家の者は、私は鶯が風邪をひいたのだと思ひますと云つた。

鶯は三日ばかり啼かなかつたが、四日目になつたら朝からいい声で啼いて、却つて前より頻繁に啼く。何が何だかさつぱり判らないが、どうもストライキと思つたのは当方の思ひ過しだつたかもしれないと云ふ気がする。

男の子と犬

何年前のことか忘れたが、引越したから新居を見に来て欲しいと西田君が云ふので出掛けて行つたことがある。小田急沿線のある駅から歩いて十分ばかりのところで、閑静な住宅地のなかにある。まだ木の匂ひのする座敷に坐つて出された麦酒を飲んでゐると、どやどやと足音がして男の子が三人入つて来た。

——静かに歩きなさい。

と、西田君がたしなめると三人揃つてはい、と云ふ。それから、座敷の入口に三人膝小僧を並べてきちんと坐つて、両手をついて、

——今日は。

とお辞儀をした。此方も今日はと挨拶したら、西田君が嬉しさうな顔をして、

——うちの坊主共です。

と云つた。一人一人名前を云つて自己紹介したと思ふが生憎それは憶えてゐない。一番上は小学校五、六年、真中が、三、四年、下が幼稚園だつたと思ふが、そのときはまだ幼稚園

に入つてゐなかつたかもしれない。自己紹介が終はると立ち上がつてまたどやどやと出て行つた。

——男の子三人ぢや賑やかでせう？

——ええ、うるさくて乱暴で閉口します。

西田君はさう云ふが、別に閉口してゐる顔でもない。西田君は僕の後輩で同じ学校に勤めてゐる。以前は西武線の沿線に住んでゐたが、感ずるところがあつて現在の場所に家を建てて移つて来た。その感ずるところ、と云ふのを聞いていささか吃驚した記憶がある。

孟母三遷の教と云ふ言葉がある。孟子の母親は子供の教育を考へて三度住居を移したさうだが、西田君がそれに倣つたのかどうか知らない。西田君は一度しか引越しをしないがそれでも孟母三遷に多少あやかるところもあつたやうである。

引越す前、西田君は大きな通りに面した家に住んでゐて、近くに消防署があつた。子供のころは大抵消防自動車に憧れる。西田君の男の子たちも例外ではなかつたらしく、火事で消防自動車が出動するときは矢鱈に昂奮して、細君が止める間もない裡に飛び出して行く。危なくて仕方がない。普段でもバケツや洗面器を頭に被つて、サイレンの口真似をしながら威勢よく走りまはる。

——大きくなつたら何になるの？

と訊かれると決まつて消防自動車の運転手になると答へるから、西田君も細君も考へ込んでしまつたらしい。さう云ふことは一時的な現象で、成長するにつれて変はつて行く筈だが、さう考へないところが、西田君夫婦らしいところと云へる。夫婦で相談して、子供のためを考へて古い家を売つて家を建てて引越した。引越しの出来た西田君は恵まれてゐた訳で、誰でも出来ることではない。孟子の母親は三度引越したと云ふが、そのころは住宅難と云ふ言葉はなかつたのだらうと思ふ。空家が沢山あつたのかもしれない。

麦酒を飲みながら西田君と話してゐると、突然どこかでどすんと大きな音がして、続いて廊下をばたばた走る音がする。お客さまだから静かにしなさい、と云ふ細君の声が聞こえる。前に西田君に聞いた話を想ひ出して、

——このごろ消防熱はどうなつたの？

と訊いたら、

——このごろは微熱が出る程度です。

と云ふ返事であつた。

それから一年ばかり経つて、また西田君のところに行つた。このときはどう云ふ理由で行つたのか憶えてゐない。殺風景だつた庭に植木が大分入つて、泰山木の白い大きな花が咲いてゐたから初夏のころだつたと思ふ。その白い花を見ながら座敷で麦酒を飲んでゐると、庭

先に茶色い犬が出て来て、座敷の外の沓脱石の上に乗つて此方を見てゐる。

——おや、犬を飼つたのかい？

——いや、あれはお隣の犬なんです。

と西田君が云つた。

犬は暫く此方を見て坐つてゐたが、男の子の声がしたと思つたら急にどこかに消えてしまつた。

——ああ、下の坊主が幼稚園から帰つて来たやうです。

と西田君が云つた。成程、まもなく下の男の子が座敷の入口に来て、きちんと坐つて挨拶した。眼のくりくりした悪戯つ子らしい顔をしてゐる。西田君が、もう行つていいよ、と云ふとうなづいて出て行つた。

——なかなかいい子だね……。

——いやあ、どうですか……。

西田君は満更でもない顔をして、その男の子が先刻の隣の家の犬と仲良くなつたと云ふ話をした。犬と親友になつた、と云つたかもしれない。どう云ふものか、下の男の子は犬が好きで前から犬を飼つてくれと催促してゐたが、その裡に隣家の犬と親しくなつたのださうである。

朝、雨戸を明けると、犬がいつも沓脱石の上に乗つて坐つてゐる。まるで日課のやうに欠かしたことがない。それまで、下の男の子は寝起きが悪かつたのが、犬と親友になつてからは自分から早起きするやうになつた。毎朝沓脱石のところにゐる犬に挨拶して、犬を抱いて頬ずりする。犬は男の子の顔をぺろぺろ舐める。

——汚いから止せ。

と西田君は注意するが、それは西田君の考へ方で、男の子には通じない。顔を洗はうとしないから訊いてみると、犬に洗つて貰つたからいいと云ふ返事で、これには西田君も細君も呆れたらしい。顔だけは洗はせることにしたが、万事がそんな調子だと云ふのである。

——成程、親友みたいだな。

——いやあ、莫迦な子供です。

御飯でも菓子でも、自分の分は必ず残して犬にやる。犬が男の子に随いて幼稚園まで行くので、幼稚園に行くときは飼主に頼んで繋いで貰ふのださうである。

——どうも、子供の話ばかりで……。

——いや、一向に構ひません。

——一度、下の坊主が行方不明になりましてね……。

——行方不明……？

――ええ、夕食どきになつても帰つて来ないんです。

子供だからしよつちゆう遊びに出る。しかし、夕食のときまで帰らなかつたことは一度もない。西田君も細君も心配して、上の二人の男の子も一緒になつてあちこち探したが見つからない。幼稚園や近くの遊び場にも、行つてみたが見当たらない。心当りに問い合はせたが判らない。そんなときの親の気持は、経験した人でないと判らないかもしれない。段段暗くなつて、暗い家のなかに電気も点けずに西田君がどうしたらいいだらうと細君と話してゐると、

――おや、お留守かしら？

と庭に隣の細君の声がした。急いで電気を点けて出て見ると、隣家の細君は笑ひながら、

――ちよつと、ちよつと……。

と手招きするから、西田君と細君はその後に随いて行つた。隣の細君は庭の方に回ると、西田君を振り返つて、

――あれ、ごらんなさいよ。

と云ふ。あれ、と指したのは犬小屋の方だから、二人は犬小屋を覗いて見て吃驚した。犬小屋のなかに下の男の子が潜り込んでゐて、窮屈さうな恰好で犬と抱きあつて眠つてゐるのである。

——いやあ、全く驚きました。燈台下暗しと云ひますが、まさかお隣の犬小屋のなかにゐるとは考へてもみませんでした。陽気のいいころだつたので風邪も引きませんでしたが……。莫迦な子供です。

そのとき西田君はどんな気持だつたかよく判らないと云ふ。思はず鼻の辺りがつんとして、気がついたら隣家の桜の花が暗がりに白く浮かんで、その上に朧月がかかつてゐるのがぼんやり霞んで見えた。それから桜の花片が犬小屋に散りかかるのを見ながら、

——いい晩ですね……。

とお隣の細君にちぐはぐな挨拶をしてゐたさうである。西田君の話を聞いてゐたら、座敷の外も段段青く暮れて来て、何だかその晩もいい晩になりさうであつた。

太郎二郎三郎

庭の木の枝に竹筒を結びつけて、そのなかに牛脂を入れて置くと四十雀《しじゆうから》が来て啄《ついば》む。大抵二羽で来て、一羽が啄《つつ》いてゐるとき一羽は近くの木の枝にとまつて、ちよんちよん跳ねてゐる。多分夫婦だと思ふが、先に啄くのが亭主なのか細君なのか、その辺のところは判らない。小鳥にも亭主関白や嬶《かかあ》天下があるものかしらん？

柿の実が熟すると鵯《ひよどり》が来て啄む。だから柿の実は鵯のために残して置く。柿の実が無くなると、鵯に気の毒な気がして林檎を枝に挿してやる。鵯は林檎をたちまち平らげてしまふが、鳥にばかり林檎を食はせては人間の口に入らなくなるから、その辺のところは適当に遣り繰りする。林檎が無いと鵯の奴は、高い梢で、

——ぴい・ぴいよ。

と啼く。何だか林檎を寄越せと催促されてゐる気がするが、鵯の云ひなりにばかりなつてはゐられない。それに鵯の奴は威張つてゐて、雀や目白が柿の実を啄いてゐると、ばさばさと飛んで来て追ひ散らしてしまふ。何年前だつたか雪の降る日、鵯が一羽柿の枝にとまつて

凝《じ》つとしてゐたことがある。それを見たら、滝に打たれる坊さんを連想して些か感心した。しかし、雀や目白を蹴散らすところを見ると悪僧みたいで感心しない。

鳥共との附合はこの程度で、それ以上の交際は別に希望しなかつた。ところが中君と云ふ若い友人がゐて、これが小鳥気狂だからさうも云つてゐられなくなつた。去年の暮、小鳥を見に来てくれと云ふから出掛けて行つたら、部屋のなかに鳥籠が積み上げてあつて、三十羽近い小鳥が忙しく跳ねてゐて吃驚した。酒を出されて、鳥のいろんな声を聞いていい気分になつて帰らうとすると、

——これを、お持ち下さい。

と鶯の入つた鳥籠を持たされた。小鳥を飼つた経験がないからと断つたが、中君は承知しない。餌と「小鳥の飼方」と云ふ本をくれて、それでは気がすまないのか一緒に拙宅まで随いて来て、家の者にいろいろ飼方を伝授してくれた。お蔭で、正月は鶯の声を聴いて過ごして悪くなかつた。飼桶と云ふ障子のついた桐の箱に入れて、障子を明るい方に向けて置くと、鶯がいい声で啼く。

電話がかかつて来て話してゐるとき、鶯が啼くと先方は話の途中で、

——おや、鶯のやうですが……。

と云ふ。鶯のやうではない、本当に鶯が啼いてゐるのだと教へると、へえ、いいですね、

と羨ましさうな声が伝はつて来る。犬や猫を飼ふと名前をつける。小鳥に呼びかけるのに、おい、鶯や、では恰好がつかないから「鶯太郎」と云ふ名前をつけた。つけたのはいいが、

――太郎、太郎。

と呼んでみても一向に反応がないから物足りないし情ない。犬や猫と違つて、小鳥は名前などどうでもいいのかもしれない。

――鶯は如何ですか?

あるとき中君が訊いたから、いい声で啼いてゐて悪くないと答へたら、それでは多少趣向を変へませう、と云つて今度は頰白を持つて来てくれた。此方を小鳥気狂にする魂胆かもしれない。

――大丈夫かい? 死ぬと厭だよ。

――なに鶯と同じ擂餌でいいんです。

中君は一向に気にしない。擂餌と云ふのは中君のくれた餌に青菜を混ぜて、これを小さな擂鉢で擂るのである。これは毎朝家の者の仕事で、此方は眺めて声を聴く。頰白は地味な鳥だが、啼声は悪くない。NHKで出した「四季の小鳥」と云ふレコオドがあつて、このなかに頰白の声も入つてゐる。一筆啓上仕候、と啼くものと相場が決つてゐるさうだが、レコオドで聴いたところでは、そのやうでもあり、違ふやうでもあつてはつきりしない。しかし、

ともかく啼声は悪くないから、中君持参の頬白の啼声に期待したが、これがどうも香しくない。一筆啓上の一筆ぐらゐで止めてしまふから、何とも焦れつたい。

頬白は二番目だから「頬二郎」と名前をつけた。語呂も合つて満更悪くない名前だと思ふ。しかし頬二郎が自分の名前に納得した様子は全く見られない。

——二郎、一筆啓上と啼いてみろ。

と云つても知らん顔をしてゐる。鶯は夏は飼方が難しいので、夏になる前に逃してやつてくれと、中君に云はれてゐた。逃した鶯は、山の方に行くらしい。段段暑くなつて来たが、太郎は至極元気で、いい声で相変らず「ほうほけきよ」と啼く。逃さなければいけないとは思ふが、元気で啼いてゐるから何となく手許に置きたい。

ある日、太郎と二郎をテラスに出して如露で水をかけてやつた。天気のいい日は、いつもさうするのである。太郎に先に水をかけて、その籠を台の上に載せて次に二郎に水をかけようとしたら、載せ方が悪かつたのかどうか籠が落ちて、その拍子に戸が開いたらしい。太郎が飛び出すと屋根を越えてどこかに飛んで行つてしまつた。まことに呆気ない結末である。折角いままで飼つてゐたのだから、何とか一言挨拶ぐらゐあつてもいいと思ふ。何だか味気ない気持でぼんやり屋根の方を見てゐたら、家の者が、

——あたしでなくて良かつた……。

と云つた。家の者が逃がしたなら、多分怒つて怒鳴りつけたかもしれないが自分で逃がしたとなると文句のつけやうがないから面白くない。どうせ逃がしてやる筈だつたのだから、と諦めるより他はない。諦めついでに、籠が落ちたのは単なる偶然ではなくて、眼に見えない手が鶯の逃げるのを手伝つたのだと思ふことにした。さうでなければ、なかなか鶯を逃がしてやる気になれなかつたかもしれない。

——鶯が逃げちやつたよ……。

と中君に云つたら、中君は、それは却つて良かつたですね、と云つて淋しいでせうからと今度は山雀《やまがら》を持つて来た。山雀は山雀籠と云ふ背の高い籠に入つてゐて、上の方に張り出した部分がある。その部分の下に穴があいてゐて、そこに小さな容器に南京豆を入れて糸で吊して置くと、山雀は嘴と足で巧みに糸を手繰り寄せて南京豆を咥へる。それから止り木にとまると、両足でうまく南京豆を押へて忙しく啄いて食ふ。

——うまいもんだね。

——これが山雀の特徴です。

と、中君が云つた。山雀と一緒に殻に入つた南京豆も一袋持つて来てくれたから、至れり尽せりと云ふ他ない。

山雀が来たら、何だか矢鱈に賑やかになつた。昔、銀座の夜店で山雀が「おみくじ」を引く芸当を見たことがあるが、当方は芸を仕込む気はない。南京豆が大好きだから、一粒を幾つかに割つて指先で籠に近づけるとすぐ咥へる。両足で押へて食つてしまふと、矢鱈に籠を啄いて催促する。その音がたいへんうるさい。のみならず摺餌を籠の外に散らかして、あたりを汚す。行儀の悪い奴だと呆れた。この山雀は「山雀三郎」と呼ぶことにした。

三郎に南京豆をやると二郎が不服さうだから、あるとき試みにバナナをやつたら旨さうに啄いたから意外であつた。中君に話したら、それは初耳です、と驚いてゐた。二郎の方はおつとりしてゐて騒ぎ立てないが、三郎は無闇に上下左右に飛び跳ねて騒がしい。人を見るとちよんちよんと忙しく籠を啄く。

——たいへんですよ。

ある日、家の者が呼ぶから行つてみたら、山雀が足を上に向けて死んでゐた。家の者が近寄つたら、南京豆が貰へると思つたらしく威勢よく跳ねまはつて、どこかにぶつかつて落ちたと云ふ。打ちどころが悪かつたとしか思へない。これも呆気ない幕切れで、何とも気持が片附かない。

賑やかな三郎が死んだら急にひつそりして、二郎の奴は一羽しよんぼりしてゐる風情だから哀れである。山雀が死んだと中君に報告したら、なに、小鳥は思ひがけなくころりと行くものです、と別に驚いた様子もなかつた。それから、暮にはまたいい声の鶯を一羽持つて伺ひますと云ふのである。
この分では、どうも小鳥との附合は当分終はりさうにないやうである。

小鳥屋

中君が大学の先生を辞めて、小鳥屋をやると云ふから吃驚した。中君は小鳥気狂で、僕も中君から鶯や頬白を貰つたことがあるが、まさか小鳥屋になるとは夢にも考へなかつた。去年の暮のことだが、ある日、中君が訪ねて来て、

——実は学校を辞めて小鳥屋を始めます。

と云つた。ちよつと御相談したいことがありますので、と云ふ電話があつたから何の話だらうと思つてゐたら小鳥屋が出て来たから驚くのが当り前である。御相談と云ひながら、本人は小鳥屋になることにすつかり決めてしまつてゐるから、相談にも何にもならない。御報告することがあります、と云ふべきだらう。

——奥さんはどう云つてるの？

——女房も賛成してゐます。

細君は女だから、それなりにいろいろ考へるところもあつたらうと思ふ。折角生活がやつと安定したと思つたら、また一から出直しだから、さう簡単に承服したとは思はれない。と

ころが亭主の酔狂をたしなめるどころか、中君の決心を聴くと私も働くから好きな商売をやりなさいと云つたさうである。

――ふうん、ぢや、子供さんは？

――子供は大賛成です。

中君のところには小学生の男の子が二人ゐる。その二人とも小鳥が好きで、小鳥屋開業には大賛成と云ふから、よく出来た一家と云ふ他ない。此方が嘴をはさむ余地は全くない。何でも中君は自動車の運転も習ひ始めてゐるらしかつた。問屋から鳥や籠その他を仕入れるには、車が必要だからである。

一体、いつごろから中君が小鳥気狂ひになつたのかよく判らない。何年前のことか忘れたが、始めて中君の家を訪ねたときは小鳥はゐなかつたと思ふ。その替り池を造つて鯉を十四ばかり飼つてゐた。池には筧から絶えず水が落ちる仕掛になつてゐて、それを見ながら酒を飲んでゐるといい気分であつた。それから暫くして中君に、

――鯉は元気かい？

と訊いたら中君は、

――みんな死にました。

と苦笑した。何故死んだのか、理由を聞いた気がするが憶えてゐない。鯉が死んだので、

小鳥に転向したのかもしれない。その次行つて見たら、書斎が鳥籠だらけで三十羽近い小鳥がゐた。中君は大学の先生だから、書斎には本棚が幾つかあつて、横文字の本なんかがずらりと並んでゐた。その本がどこかに見えなくなつて、本の替りに上から下まで鳥籠が並んでゐるのである。

——本はどうしたんだい？

——いや……。

中君は苦笑したが、多分押入にでもしまつたのだらう。本は押入にしまへるが、小鳥は押入には入れて置けない。もしかすると、そのころから中君は、ひそかに小鳥屋を開業しようと思つてゐたのかもしれない。

小鳥気狂だけあつて、中君は近在の小鳥屋は殆ど知つてゐたやうである。中央線のある駅の近くに小鳥屋があつて、九官鳥が置いてある。その前を通るときは大抵覗いて見る。九官鳥は此方の顔を見ると首を傾げて、こんにちはと云ふ。あら、お帰りなさい、と云ふこともある。

その話を中君にしたら、

——ああ、あの店ですか……。

と、ちやんと知つてゐた。それから、近在の小鳥屋の地図を書いて、どこにはどう云ふ鳥がゐると教へてくれた。それを丹念に廻つて歩くと聞いて、感心したり呆れたりした。

中君は一時啄木鳥を飼つたさうである。太い木の枝を入れて置くと、一日中その枝を啄いてぼろぼろにしてしまふ。知らない人が部屋に入つて行くと枝の後に身を隠して、それから、ちよいと顔を出して様子を窺ふ。何となく愛嬌があつて面白い、と中君が話してくれた。しかし、あまりうるさいのと、木の枝を補給するのが面倒なので、知合の小鳥屋に頼んでその店で売つて貰ふことにした。

——それで売れたのかい？

——いや、もう三、四ヵ月経ちますが、誰も買ひません。お買ひになりますか？

——いや、御遠慮申上げます。

中君が大学を辞めて小鳥屋をやる話が拡がつて、それを聞いた人はみんな吃驚したやうである。驚かなかつたのは中君の知合の小鳥屋さんで、中君から話を聞くと、それは結構です、是非おやりなさい、と積極的にすすめてくれたさうである。そんな話を聞いてゐる裡に、何だか此方も段段中君は小鳥屋をやる方がいいのだと云ふ気分になつて来たやうで、

——まあ、しつかりやれよ。

と声援するやうになつた。

中君は郊外の新しく団地の出来た近くに一軒店を借りた。それに大工が入つて改造してゐ

ると云ふ話を聞いて暫くしたら、中君が名刺を持つて挨拶に来た。名刺には武蔵屋小鳥店・店主中一郎と刷つてある。開店の挨拶状も持参して、それには何月何日に開店するから宜しく御愛顧の程を、と書いてあつた。

——いよいよ始まるんだね。

——慣れないもんで、転手古舞してゐます。

と中君は嬉しさうな顔をした。

先日、よく晴れた日、中君の店開きの祝に行つた。祝開店と云ふ花環があるがあんなのを贈らうかと冗談を云つたら中君は本気にして、とんでもない、やめて下さい、と断つたから酒を一本届けることにした。酒を抱へて、娘の運転する車に乗つて行くと、沿道の新緑が眼にしみるやうである。

多分この辺だと云ふ訳で、広い道を左に入つてその辺をぐるぐる廻つたが小鳥屋は一向に見当らない。見ると中君が歩いてゐるので、やれやれと思つた。空地に車を駐めて中君に案内されて行つて見ると、露地を入つた奥だから判る筈がない。その辺には祝開店の花環や貼紙のある店が何軒もあつたから、多分これから商店街が出来上がつて行くのだらう。

中君の店の前には、大谷石で囲つたなかに土を盛つて、つつじが三、四株植ゑ込んであつた。その真中に石の燈籠が立つてゐる。

――へえ、気の効いたことをしたね……。

――この燈籠が自慢なんです。

云はれて気が附いたが燈籠の天辺に木菟《みみづく》が載つてゐるのである。小鳥屋の店には打つてつけの代物だと感心した。街道沿ひの石屋で偶然見つけて、譲つて貰つたのだと中君は得意さうであつた。

店には細君もゐてにこにこしてゐる。両側に鳥籠が並んでゐて、ちやんといろんな小鳥が入つて囀つてゐる。下の箱にはちやぼも入つてゐて、雄が矢鱈にこけこつこうと啼いた。

――昨夜、この店に泊つたんですが、朝早くから、こけこつこう、をやられて閉口しました。

中君はむしろ満足さうな顔をしてさう云つた。好きな鳥に囲まれて暮すのだから、中君も本望だらうと思ふ。ちよつと奥に坐つて休んでゐたら、男の子を連れたお神さんが入つて来た。中君の細君が愛想よく応対してゐる。細君が、何か云つたら奥に坐つてゐる中君が、

――違ふ、違ふ。

それは何とかで五百円だと云つた。さう云つてから中君は気になるらしく、仕入の伝票を出して調べてゐたから中君も自信はなかつたのかもしれない。新米の商売人だから、慣れるまでの苦労も多いだらうと思ふ。

——ね、お母さん、こんどこのいんこを買はうよ。

と男の子が云ふと、お神さんが、

——こんど買ひに来ませう。

と笑つた。中君の細君が、どうぞ是非買つて下さい、と云ふ。こんな調子で客が来ればいいと思つてゐたら、男の子が、

——このお店には餌も売つてるよ。こんど餌はあつちの遠いお店は止して、こつちで買ふことにしようよ。

と云つた。うちの娘がそれを聞いてあら、いいこと云ふわね、と低声で耳打ちした。なかなかいい子供だと此方も思つたぐらゐだから、内心中君の店を大いに応援したい気持だつたのだらう。

けぢめ

物にはけぢめがあつて、きちんと納つてゐる方が良い。例へば猫は猫らしいのがいい。知人に猫を飼つてゐる人がゐるが、飼猫の首に犬の首輪をつけ鎖に繋いで散歩に連れて行くと聞いて、下らない真似をするものだと思つた。犬のやうに「ちんちん」もやると得意さうに話すから情無い。猫の方とすれば随分迷惑な話だらうと思ふが、もしかすると近頃の猫は迷惑とは思つてゐないのかもしれない。

先日テレビを観てゐたら、変な兎が登場した。鶏の唐揚だか何だか、およそ兎らしくないものをむしやむしや食ふ。テレビに出てゐる連中は、まあ珍しい、とか何とか矢鱈に感心してゐたが当方は一向に感心しなかつた。我家の庭を考へて、洵に苦苦しい気がした。

庭の木の枝に竹筒を吊して、なかに牛脂を入れて置くと四十雀が来て啄む。ときどき鶯も来て啄む。

庭にパン屑を撒いて置くと、鵯や雀が来て啄む。柿の木に実が生ると、その実は採らずに鳥共に提供する。これも鵯や雀が旨さうに食ふ。それを取上げては可哀想だから、毎年その儘にして置く。何年続いたか忘れたが、こんな仕来りが続いてゐて、牛脂は四十雀のもの、パン屑や柿の実は鵯や雀のもの、と我家の狭い庭ではちやんとけぢめがついてゐた。さう云ふ秩序が保たれてゐた。

ところが最近、どう云ふものか、この秩序が破壊され始めたから苦苦しい気がする。ある日、庭を見てゐたら、雀が竹筒のなかの牛脂を啄んでゐるから驚いた。

——おいおい、雀が牛の脂を啄いてるぞ。

家の者にさう云つたら、家の者も見て吃驚した。それから、このごろ牛脂がすぐ無くなると思つたら、雀が食べるせゐなんですねと云つた。しかし、雀のせゐばかりでは無いことが間も無く判つた。

その后庭を見てゐたら、鵯が牛脂を啄んでゐる。長い嘴で啄いてゐると思つたら、牛脂の塊を竹筒から引出して、咥へて飛んで行つてしまつた。これでは忽ち無くなる筈である。多分、四十雀が旨さうに、ちよんちよん、牛脂を啄むのを見て、雀や鵯も一度どんな味か試してみたくなつたのかもしれない。試食したら、これは案外悪くない。四十雀にばかり食はせると云ふ法は無い。さう思つたかどうか知らないが、そんなことではないかと思ふ。

鵯が牛脂の塊を持去るから、新しく補充すると四十雀が来るが、それを雀や鵯が追払ふから気に喰はない。分を弁へろ、と鳥に云つても始らない。鵯はなかでも一番威張つてゐるから腹が立つ。鶫の肉は旨いと聞いたから、今度は鶫の奴を摑へて食つてやらうかと思ふ。愛鳥精神に富む人間と自任してゐたが、かうなると当方の「けぢめ」も曖昧になるから、ますます以て苦苦しい。

地蔵さん

狭い庭の一隅に、三尺ばかりの丈の石の地蔵さんが置いてある。訪ねて来た人はこの地蔵に眼を留めて、おや、地蔵さんがありますね、と云ふ。なかには、一体どこから無断で頂戴して来たのか？　さうはつきりとは訊かないが、それらしいことを云ふ人もある。そのたびに此方は相手の思ひ違ひを訂正しなくてはならない。

この地蔵さんは知合の絵描きさんから貰つたものである。何故貰つたのか理由は忘れたが、庭に地蔵があると良い、とその絵描きさんに話したことがあつたかもしれない。何でもその絵描きさんが埼玉県かどこかの寺にスケッチに行つたとき、この地蔵を見附けて譲つて貰つたらしい。最初は簡単に譲つて呉れさうな話だつたのが、先方の和尚が本堂の改築で金が要るとか何とか云ひ出したので、絵描きさんは同行の友人と一緒に急いで地蔵を車に積込んで退散したらしい。それを呉れると云ふから有難く頂戴しただけで、詳しい経緯は知らない。

庭の地蔵は赤い前垂を掛けてゐるが、これは家の者が作つてやつたのである。毎月一日には、地蔵の前に赤飯の入つた小さな茶碗を置く。これも家の者の役目である。しかし、これは別に信心とか迷心とは関係がない。例へば重陽の節句には菊を飾り、青葉のころには鰹を食ひ、冬至に柚子湯に入るのと変りはない。我家のささやかな行事の一つであつて、こんな行事はやらなくても済む。しかし、行事があつた方が面白いからやるだけである。一種の遊びと心得てゐて、こんな遊びは嫌ひではない。

いつだつたか井伏鱒二氏が我家に来られたとき、初めて地蔵を見て、へえ、君は地蔵まで……、と云はれた。昔、行き附けの酒場から銚子やぐひ飲みを面白半分に失敬したことがある。后で酒場の親爺から、貴方のお陰でうちの徳利やぐひ飲みが足りなくなつて、新しく注文して造らせましたと云はれたことがあるが、そんなに沢山失敬した訳ではない。しかし、井伏さんはそんな昔の話を憶えてゐて、お前は地蔵まで失敬して来たのか？　と云はんとされたのではないかと思ふ。むろん、そのときも絵描きさんの話をして、井伏さんの誤解を解いたつもりだが、井伏さんは頑固な方だから一度かうと思ひ込むと決して考へを変へない。

先日、井伏さんとお酒を飲んでゐたら、井伏さんは甲州の話をされて、その裡にどこだつたか忘れたが、ある所にたいへん良い道標があると云つた。古い石の道しるべで、右何とか左何とかと彫つてあつて、君なんか見たら……、と云ひ掛けて、危い、危い、と笑はれた。さうなると、狭い庭に地蔵さんの他に石の道標があるのも悪くないと云ふ気がして来るから不思議である。

Ⅲ

地蔵の首

僕は多分にゲテモノ趣味がある。

大分前東京近郊のMなる部落の近くに住んでゐたことがあるが、そのとき近くの竹藪のなかに、何やら白い壺が捨ててあるのを発見して早速拾つて持つて帰つた。それから、別の農家の納屋の裏に、黒い大きな壺のあるのを見つけて、呉れ、といつたところ、農夫は呆れてすぐ呉れた。実は捨ててあつたのである。持つて帰つたところで、どうするわけのものでもない。部屋の隅に転がしておくだけである。

ところが、それから四五年して、一人の中年の紳士がやつて来たが例の白い壺を見ると、李朝ですな、と云つた。手にとつて鹿爪らしく鑑賞した挙句、これはたいへんいいものだから大切にするとよろしい、と僕に忠告した。そこで僕は、白い壺を幾らかましな場所に据ゑることにした。僕が、実は拾物だ、と話すと紳士は眼の色を変へて、是非その場所にもう一度行つて――と云ふのはそのとき僕は既に引越してゐたから――探すとよい、出来れば一緒に行きたい、と云ふのである。さう云へば、まだ他にも何やら落つこつてゐたやうな気がしてくる。そのときは、黒い方は大きな桜の枝を挿して縁側に出し、桜花が陽を浴びた風情を眺めてゐたところ、運悪く枝にさわつて壺は下に落ち、沓脱石《くつぬぎいし》に当つて微塵に砕けてしまつて、なくなつてしまつてゐた。その話をすると紳士は溜息をもらして、カケラはないか、と訊く。カケラがあればつぎ合はせると云ふのである。カケラは捨ててしまつたと云ふと、再び溜息をついた。その後、折あつて前ゐた附近へ行つたことがあるが、別に拾ふやうなものは何も落ちてゐなかつた。と云ふより、拾はうと云ふ目的で行くと、探す気がしない。その部落は昔、朝鮮から渡つて来た人間が集つて出来たものだから、古い時代の陶器で今日用をなさぬものがそこらに放り出されてあつたらしいのである。いま、僕は一升徳利の電気スタンドを持つてゐるが、これもその附近で拾つた徳利を利用したのである。この首のところをナイフの先でガリガリと穴をあけ、太い釘を一本あてて金槌で叩いたらスポリと穴が通つた。尤もナイフは一本駄目になつてしまつた。

つまり僕が拾ふのはたまたま見かけてひよいと頂戴するので、さうでないと面白くない。先日、僕は五日市線沿線のある村の寺に行つたが、茲《ここ》で僕はゲテモノ趣味をそそられたのである。と云ふのは薬水なるものを大いに頂戴しいい気持で碁を五六回やり、一眠りして朝、散歩に出た。そのとき路傍にお地蔵さんが鎮座してゐるのを発見したのである。ところが、お地蔵さんと云ふのは、ともかく石で出来てゐて頗る重い。それに、お地蔵さんをもつて帰つても妙な気がするだけのものらしい。ところが地蔵の首だけ、となると話が違ふ。何やら面白い――と僕には思はれた。が、驚くなかれ、近寄つて見ると、首と思つたのは丸い一箇の石にすぎなかつた。つまり本来あるべき首は跡形もなく、替りに石がちよんとのつてゐただけであつた。そもそもこの車善七《くるまぜんしち》は何者なのか、僕は眼鼻もない地蔵を前にしばらく物想ひにふけつた。

これはいかなるわけか、やはり地蔵の首を狙ふつまらぬ男がゐるのだらうか。それともスフインクスを射撃の目標としたナポレオンもどきの、勇敢なる悪漢がゐて地蔵の首を叩き落したのか。いづれにせよ、味気ない。と思つたとたん、僕は僕の下らん趣味に絶縁を宣告して歩き出した。

が、幸か不幸か、それから一町ばかり、谷川ぞひのひんやり寒い径《みち》を辿つて行くとまたしてもお地蔵さんの後姿が見えた。正直なことを申し上げると、僕はその地蔵さんに行きつくまで、この径は果してどのくらゐ人が通るものか、地蔵の首を叩き落すにはどのくらゐ手間がかかるものか、と考へ計算してゐたのである。ところが、そのお地蔵さんの前に出たとき、僕は些か驚かざるを得なかつた。地蔵は面を被つてゐた。極彩色のオカメに似たいやな面である。むろん、その面の下の頭は石ころではない胴体につながるものである。僕はひどく不愉快であつた。これは必ずしも僕自身が、内心、首をとつてやらうかなと云ふ気持をもつてゐたために感じた不愉快さばかりではないらしい。僕は、茲において地蔵の首を持ちたいと云ふ意向を全く捨て去ることにしたのである。僕はその面被りの地蔵が不快なので、直ちに遠のき、やがて寺へ戻つた。

寺の山門を這入つた傍に、やはり地蔵がある。これはちやんと首があつて、而も柔和円満の相である。稚気愛すべし、と云つた風情がある。ちよつと立ちどまつて——むろん、もはや首を取らうとは考へないで眺めてゐると、坊さんがのこのこ現はれた。

——お帰んなさい。地蔵ですか？

——ええ。

——地蔵も首を取る悪い奴がゐましてね。どう云ふつもりか知らないが、全く、呆れますよ。これはいいが、裏の奴は二体も首をとられましてね。……

坊さんがいつた。僕は吃驚仰天して二の句がつげなかつた。

ルポ・東京新風俗抄

早慶戦

二、三年前の早慶戦のとき、早稲田側の外野席に坐つた五十年輩の男と若い女性の三人連れが物議をかもした。彼らは早稲田がエラアすると拍手した。慶應がヒットを放つと歓声をあげた。周囲の連中——当然早稲田ファンであるが——が面白くない顔をしたのは、云ふまでもない。

——ちえつ、場所を間違へんない。

——慶應は向うだぞ。

と、怒鳴る者に交つて、非常に温厚さうな一紳士までが三人に注意した。

——もしもし、慶應に応援なさるなら向うに移転して頂きたいものですな。

三人は面喰つて顔を見合はせた。それから、女性の一人が呟いた。

——あら、ここは早稲田の席らしいわよ。

気の毒なことに、この三人はその後すつかり鳴りをひそめ、至極味気なさゝうな顔をしてゐた。移転しようにも満員で動けない。神宮球場に集る六万の観衆のなかには、ときに、こんなそそつかしい連中がゐないこともない。

もつとも、たいへん勇ましい人物もゐる。浴衣に赤い襷《たすき》をかけ、裾をからげて白足袋をはき、鉢巻をしめて、早大側の内外野一般席を一巡して拍手の応援の音頭をとるのである。この若い男が現はれると、早慶戦の常連は、

——また、やつてるぞ。

と笑顔になる。今年、この人物は大きなシヤモジに「打倒慶應」と書いた奴をかかげて、

——今年はこれで参ります。よろしく頼みます。

と云つた。少し前までは些か生気の抜けたやうな婆さんが、拍手の音頭をとつてゐた。が、このごろ、見かけなくなつた。

早慶戦になると、両校とも内外野学生席の後方に大きな人形を飾りつける。早大はフクチヤンの場合が多いし、慶大はミツキイマウスが多い。今年、慶應は何も飾りつけなかつたが、早稲田は内野に勝利の女神の白い像を高く立てた。外野には赤いガウンをまとつたフクチヤンを立てた。そのフクちやんは、チヤアチルみたいに右手の二本の指でVをつくつてゐた。

もつとも、僕の近くの若い男はそれを見て、

——二連勝のつもりだぜ。

——当り前よ。

と話しあつてゐた。

僕は戦争中、信州に疎開した。そこで知りあつた一人の男が、僕が早稲田出身なのを知つて、真先に言及したのが早慶戦である。彼の話だと、彼は早慶戦のたびに決まつて上京したらしかつた。

——一遍も、欠かしたことはありません。

と、彼は威張つた。そして、早慶戦が再び行はれるときには、再び上京を繰返すだらうといつた。神宮球場に行くと、僕はひよつこりこの人物を想ひ出す。が、いまだにお眼にかからない。プロ野球が盛んになつたし、テレビも出来たりしたから、こんなファンは今後ゐなくなるだらう。

ところで僕は早大に関係してゐる。早慶戦近くなると、日頃あまりつき合はぬやうな人が、たいへんなつかしさうな顔をしてやつて来たり、手紙をくれたりする。何だか毒にも薬にもならぬ世間話を長長として、さて、早慶戦の切符は、と切り出してくる。このとき小生少しも騒がず、簡単にお断りして相手をがつかりさせることが出来る。

第三者は、学校関係のものは楽に切符が手に這入るものと考へてゐるらしい。が、事実は僕自身ひどくがつかりしてゐるほど味気ない。僕らは抽選で僅か二、三枚の切符が入手出来るにすぎない。内野券が一枚でも当れば上出来といふべきであつて、外野券二枚といふ場合も多いのである。むろん、切符は無料でくれるわけではない。ちやんと代金を払ふのである。

だから、僕は、今度の早慶戦も一回戦は行つたが、二回、三回戦はテレビを観た。三回戦は安岡章太郎と二人で観た。慶応出身の彼には気の毒だが、早稲田が一方的勝利を収めたあと、僕らは、ソバを食ひ、ビイルをのみ、すしを食ひ、頃合を見計らつて先づ銀座に出た。慶應の学生を一人も見かけぬのには、僕らは驚かぬわけには行かなかつた。

——これぢや、仕様がないな。

夜の街の早慶戦を、見ようと思つてゐたところだから、話にならない。もつとも、暗い裏通りを歩いてゐたら、三人づれの慶應の学生とすれ交つた。が、小耳に挿んだ彼らの会話は、何とか云ふ映画女優礼讃の言葉であつた。

そこで、僕らは早稲田に行つてみた。商店街の商店はいづれもWと海老茶地に白く染め抜いた大小の旗を軒に出してゐた。祝優勝と書いた紙を飾窓に貼つてある店もあつた。がそれだけのことで別に変りはなかつた。学生もあまり見かけなかつた。

僕らは車を新宿に走らせた。ここには角帽が氾濫してゐた。銀座の閑散たる人通りに較べて、歩道は人で満員といつてよかつた。例によつて、M映画館の前では、スクラムを組んだ学生たちがワツショ、ワツショと掛声をかけて前後左右に激しく揺れ動いてゐた。スクラム組んだ群を、まはりで眺めてゐる学生も多い。

M館の前のビヤホオルは店を閉めてゐた。

その屋根には、十人ばかりのカメラマンがのつてゐて、ときをり、フラツシユをたく。群衆のなかにゐた一人のカメラマンの頭をコツンと叩いた奴がゐる。それを一人の学生がたしなめた。

——去年より大分静かだな。

と、一人の男がいつた。静か——と云ふ表現は当らない。無茶な行為が少くなつたと云ふべきだらう。この一角をあとにすると、一軒の焼鳥屋の二階から合唱が聞こえた。——富士の白雪やノオエ、と。酔つて歌ふ歌はどうも一向に変り映えがしない。

肩を組んで大声に歌ひながら歩いてゐる連中を何組か追ひこしたら、ポンと肩を叩かれた。大学本部の学生課の人である。——今夜はまはつて歩きます、と云ふ。駅前の広い道を渡つて、その裏側に出ると学生の数も少くなる。僕らの前を歩いてゐた三人の学生が話してゐた。

——金、まだあるか?

——安いとこに行かうよ。

僕らはTと云ふ酒店に行つた。表を通る学生がちよいと覗いて行つてしまふ。前に早慶戦のとき、この店に座つてゐたら、ちよいと覗いた学生の一群につかまつたことがある。が、この夜はみんな素通りした。

ちよつと外へ出てみたら、一人の学生が演説してゐた。

——諸君、本日、わが母校、都の西北にある早稲田大学は宿敵慶應を降し、見事優勝の栄冠をかち得たのであります。この歓びを歌はずしてどうしませう？　諸君、ああ、俺は嬉しい。

しかし、諸君と云はれる群衆は三人の学生しかゐなかつた。が、彼はその四人と肩を組み、ああ愉快なり、愉快なり、と踊りながら行つてしまつた。安岡章太郎は、

——俺はどうも胃の具合が悪くてね。

と浮かぬ顔をしてかえつてしまつた。

両国の川開き

七月二十一日、タクシイに乗つたら、運ちやんの曰く、

——今日は川開きですね。

――うん。

この日、花火を見ることになつてゐるから、僕もちやんと心得てゐる。

――かきいれどきぢやないのかい？

――まあね。でも、あたしは川の方には行かないんです。去年でこりちやいました。何しろ矢鱈に車が集つて混雑するばかりですからね。今年は、空巣狙いぢやないけれど、よそを流して稼ぐつもりです。

しかし、僕はその混雑する大川端に行かねばならない。大川端に行つて花火を見物せねばならない。

夜空にあがる花火は美しい――と、思つてゐた僕は、四時すぎに大川端へ行くとの話にちよいと面喰つた。暑い日で、まだ陽はカンカンと照りつけてゐる。が昼の花火を見ると云ふのである。

昼の花火と云ふと、僕の頭のなかには子供のころの運動会が浮かんでくる。ポン、ポンと青空に白い烟が浮いて、旗だとか人形だとかが、落ちてくる。楽隊は「天国と地獄」を演奏する。その運動会のときの花火が念頭に浮かぶと、どうも花火見物なるものと一致しない。一致しないけれども、ともかく、出かけて行くことにする。

浜町一丁目の入場口には丸太の柵が出来てゐて、ちやんと警官が数名控へてゐる。この関所を通過して少し行つたところで新聞社の車が停まると、同行の社会部のひとがどこかに行つてしまつた。

一体、どこで、どうやつて見物するのか見当がつかない。暑い最中、通りにポカンと立つてゐると、近くの酒屋で威勢のいい声が聞こえた。

——おい、ビイルを三本くれ。

酒屋には主人夫婦と覚しき二人のほかに、七人の人間が勢揃いして、手ぐすねひいてゐる風情に見える。ビイルを買つたアロハシヤツの五十年輩の男は、瓶をぶらさげて川つぷちの方に歩いて行く。川つぷちには、桟敷や櫓が出来てゐて、紅白の幕を張つたところも見える。

酒屋の傍の歩道では二人の娘さんが冷凍パイナツプル（とでも云ふのだらう）を売つてゐた。台の上にどつさり積みあげて、まだそのほか地面に大きな包みが幾つもおいてある。

——それみんな売るのかい？

——ええ。たちまちですよ。

と、すましてゐる。

そこへ、社会部のひとが戻つて来て、案内するので、そのあとへ随いて行つたら、妙なところへ入つて行く。川つぷちには桟敷がずらりと並んでゐる。そのなかの「警戒本部」なる札の立つてゐる入口から、板を踏んで上つて行くと、警官が一杯控へてゐた。

——何か、用事があるんで寄つたんだらう。

と、僕は考へた。

ところが、机に向つて腰かけてゐる警官と話してゐた記者は、近くのベンチをさして、

——この辺で見てゐてもいいですよ。

と云ふとゐなくなつてしまつた。

どうも、落ちつかない。しかし、僕一人ぢやない。同行者が二人ゐたから、三人で怖る怖るベンチに座り込んだ。警官たちは、些か腑に落ちかねる顔で僕らの方を眺めたが別に何とも云はなかつた。

どこで、どうやつて見物するのか判らなかつたが、まさかお巡りさんたちの真中で見物する仕儀に立ち至らうとは——おシヤカさまでも、気がつかなかつたらう。ざつと六七十名の警官が、折畳みの椅子に坐つて、夕食らしいパンを食べたり、赤い色のついた水を飲んだりしてゐた。右隣りは消防本部、左隣りは実施本部——花火業者席である。

三分も経つと、僕はこの席が特等席だと思ふやうになつた。左に両国橋、右に新大橋が見える。この二つの橋の間に北側桟敷、南側桟敷が川ぞひに長くつづいてゐるのであるが、警戒本部はちやうどその中間に位置してゐる。

左右の桟敷を見ると、ほとんど人で埋めつくされてゐて、遠く新大橋の橋梁の下からも、

対岸を埋める群衆の一部が覗いて見えた。右手背後の建物の屋上には撮影機らしいものが数台据ゑてある。左手の方の川つぷちの料亭はいづれも紅白の布を巻いた櫓を屋根の上に組んだり、二階の窓から見物客を覗かせたりしてゐる。さらに左手の電電公社の屋上にも人が沢山見える。

川面には、仕掛花火の櫓を組んだ舟が八艘浮いてゐて、両国橋の方から、一番船、二番船と数へる。警戒本部の右前方に、五番船が浮いてゐる。川風が舟の旗を飜へし、川つぷちの桟敷は思ひのほか涼しい。

なかなかに暮れぬ人出や花火まつ　　素十

この間一台のヘリコプタアが広告をぶらさげて川の上を飛んでゐた。去年の川開きの人出は百五十万と云はれる。今年は百十万ぐらゐだつたらしい。何れにせよ、宣伝効果を狙うには絶好の機会と云ふのだらう。同時に、これだけの人間が集まるのだから、警視庁の方も、ぎりぎりの必要人員を残して八、九千名の警官をこの河畔の警戒に動員するらしい。僕らのゐる警戒本部に詰めてゐるのは、各警察署から数名づつ出された伝令の警官で、それぞれ△署伝令と書いた腕章を巻いてゐた。

——事故がないと、いい骨休めになるんですが。

と若い警官が云つた。それから、メエデエと池上本門寺のお会式とこの川開きのときと三回、大規模な動員が行はれると説明した。

社会部のひとがいいと云つたけれど、別に警官がいいと云つたわけぢやない。そのうち追い出されやしないかと思つてゐたら、白いシャツを来た警察のひとがのこのこやつて来て、プログラムをくれたのには恐縮した。これで特等席を追放される心配がなくなつたから、「第九回全国花火コンクウル番組」と書かれたプログラムを見ることにする。

プログラムの表紙には太田道灌江戸築城五百年記念と印刷してある。主催は東京都観光協会、後援は東京都並びにY新聞社である。

プログラムを見て驚いたことに、昼の部はすでに一時から始まつてゐたのである。すると拡声機のアナウンスが、昼の部の「審査打揚玉」第一部の開始を告げた。

照り込みし空に花火のあがるかな　　万太郎
四時四十分。一番船から順次、矢継早に打ち揚げられる。それまでにも、花火はいくつも上つてゐて、それは戦時中の高射砲を僕に想ひ出させてゐたのであるが、今度の奴は些か趣を異にする。

木の葉付変芯白菊先二化、昇り小花紅芯煙菊群声、いきなりこんな文字をつきつけられたら、多くのひとはちよいと面喰ふだらう。これが花火の名前だから恐れ入る。ゆつくりプログラムの文字を読んで、さて、如何なる趣向かと空を仰ぐと早くも次の、昇り木葉付黄菊先群声小割染込模様、なる奴がドドン、パチパチとやつてゐると云ふ案配である。

だから、そんな間の抜けたことは止めて、空だけ仰いでゐればよろしい。ちやんと拡声機が説明してくれて、

——如何でございましたでせう？　お気に召したでせうか？

と伺ひまで立ててくれるのである。少し首がくたびれるけれども、そして疲れた首をめぐらしても美人はなくて警官と云ふのは些か淋しいけれど仕方がない。

昼の部は第三部まであつて、審査玉は都合六十四発打ち揚げられた。大空に、黒、赤、緑、紫、黄、青、等等の色の煙が鮮やかに浮かび流れるのはなかなか見事だが、色のついた煙が流れたり、くねくねうねつたりする奴は大抵、龍と云ふことになつてゐるらしい。空に丸く星を散らすのが菊、煙の垂れ下るのが柳、大体こんなところが基本らしい。それにヒヨロヒヨロと笛の音のやうな音を出して揚がるのがあつて珍らしかつた。

途中、喉がかわいたので、例の酒屋に行つてビイルを飲んだ。店先の台の前に立つたまま飲むのである。ほかにも何人か飲んでゐる。カクテル・パアテイのことを思へば、立つたまま飲むのも何でもない。

戻つてくる途中、五、六歳の男の子をつれたアメリカ人らしい夫婦が警戒本部近くの通りに立つて見物してゐた。子供を肩車にした親爺は息子に、Can you see? なんて訊いてゐた。

しかし、子供の方は何だか要領を得ない顔をして、あちこち見まはしてゐた。

子がねむる重さ花火の夜がつづく　多佳子

七時近くなると、空の雲がオレンジに色づき、東の空に白く丸い月が上つた。このころになると警戒本部も警官の出入が多くなる。

——伝令の方、集つて下さい。

この伝令を聞いて、僕は少しばかり驚いた。伝令集合、とでもいふと思つてゐたから、集合した伝令に幹部らしい警官が文章を読みあげてノオトさせてゐる。仕掛花火のとき群衆が桟敷に押し寄せるから徹底して取締まること、と云ふやうな通達である。

——徹底して……、いいですね？　徹底して取り締まること、書けましたか？

こんな調子である。

七時十分。一斉早打で夜の部が始まる。僕には、昼の花火より夜の花火の方がいい。水に映る船の灯影が次第にくつきりしてくると、夏の夜空に開く饗宴もやうやく本筋のコオスに入つたやうだ。

大体、川開きと云ふのは維新前は夕涼の初日、旧五月二十八日の夜、行はれたものとされてゐる。明治になつて八月一日前後に行はれるやうになつた。そもそもの起りは今から二百何十年か前、将軍吉宗の頃に大飢饉があつて悪疫が蔓延し多数の死者が出たとき、その追善供養に行つたものださうである。さうである——と云ふのはプログラムにさう書いてあるからで、それ以来年中行事となつて江戸庶民に親しまれて来たのださうである。

白い月が、黄色味を帯びてくると、仕掛花火が始まつた。仕掛花火と云ふのもずゐぶん手の混んだものと思ふけれども大いに感服する気にはなれない。ネオンサインのある世のなかではさう有難がる代物でもないやうに思へてならない。もつとも、仕掛の最後に激しく火の粉を吹きあげて、たてつづけに打ち揚げられる華麗な色とりどりの夜の花は、この上なく美しいけれども。

警戒本部のすぐ前の水面に舟が浮いてゐて、清掃本部なる大きな札を立ててゐた。ところが仕掛花火が始まると、桟敷の見物人の一人が怒鳴つた。

——邪魔で見えねえぞ、札を倒せ。

清掃本部の人は、何やら文句を云ひながらも札を倒したので、あちこちで笑声が起つた。

試みに柳橋側の北側桟敷にそつた通りを歩いてみる。桟敷の床下には幾つも水を張つた大きな桶がおいてあつて、ビイルが冷やしてある。桟敷にはところどころに上り口があつて、上り口のところに料亭や待合の名前がかかつてゐる。この桟敷は大体、五千坪の広さで丸太三万本が使用されたとか云ふ話である。この桟敷に気軽に上つて行けると思ふと大間違ひで、一坪のマスで本当か嘘か知らぬがプレミアム付き一万円から二万円の奴もあるとか云ふ。

ある上り口に控へてゐる若い男に話しかけたところ知らぬ存ぜぬで一向に要領を得なかつた。通りを浴衣がけの男女が沢山歩いてゐる。そのなかを歩いて行くと、左手の電電公社の建物の前に筵を敷いて保安隊の隊員が三四十名ごろりと寝ころんでゐた。何だか敗残兵みたいでパッとしないこと夥しいが、正直のところ僕はちよいと羨ましかつた。と云ふのは寝転んで花火が見られたら申分ないと思つてゐたから。

電電公社の隣りの久松中学校も屋上が見物席になつてゐるらしかつた。裏通りの方の料亭では屋根の上に二階になつた桟敷を造つてゐるのもある。芸者に酒を注がせ、空を仰いで天下泰平と云ふ連中がゐるのだらう。

ひとまはりして戻つて来たら、どこか近くでひぐらしが鳴いた。そんな筈はないと思つたけれど、ドドン・パチパチと云ふ絶間ない爆発音の合間に、カナカナカナと鳴く声が聞こえた。その声は一度聞こえた限りで二度と聞こえなかつた。

——花火の音ぢやないのかい？

——まちがひなく、ひぐらしだ。

そのひぐらしは、何か勘違ひしたのかもしれない。あるいは、花火見物と洒落たのかもしれない。

夜の部の花火もやはり、昇曲導付浮芯変化牡丹だとか、昇り彩花銀波先紅青光露とかややこしい名前が多いが、なかには、棚付ブドウ園とか、柳オンパレエドなんて何やら物足りない気のするのもある。全国花火コンクウルと云ふのは前にもいつた両国橋と新大橋の間で打ち揚げられる。が、この川上でも盛んに花火が揚るから、アナウンスを聞いてゐないとよく判らない。花火の美しさが一瞬のものであるとすれば、その瞬時の美に酔いしれさへすればよいのである。

疲れたので早目に退散することにして車のところまでくると、ポツリと雨が落ちて来た。が、振返ると、空には相変らず豪華な饗宴がつづいてゐる。

花火見て一時間後に眠り落つ　　誓子

一時間後、僕はある酒場の親爺と話してゐた。僕が特等席で見たと云ふと親爺はひどく感心してみせた。が、警官席だと白状すると、今度は何だか疑はしさうな顔をした。

——嘘でせう?

——ほんとだとも。

——嘘ですよ。

親爺は、一向に信用しさうにもなかつた。

上野界隈

美術の秋に、美術の森、上野を歩かうと思ふ。

美術館の右横の舗装道路を行くと両側に塀がつづいてゐて、塀の上から桜が道に枝を差しのべてゐる。春だと、桜の花の下を歩くことになる。桜の植わつてゐる塀の内側は何れも美術学校の敷地である。二つの門が道に面して向き合つてゐて、右には工芸関係の教室があり、左には絵画、彫刻、金工等の教室がある。門には芸術大学とあるけれど、僕には美術学校の方が馴味深い。

僕は左手の門を這入ると、彫刻の専攻科の学生のMと油絵の副手のT君と一緒に歩くことにする。夕暮近く、学生の姿はほとんど見かけない。玄関の前に直径一米くらゐの、大きな椎の木が立つてゐる。美術学校の建物は老朽で建てなほさなくちやいけないらしいが、その新しい設計図によるとこの椎の木も伐られる運命にあるらしい。もつとも、学長が椎を伐つちやいかんといつたとか云ふから、案外残るかもしれない。椎の木の下に胸像が二つある。その一つを指してMが云つた。

——高村光太郎の「光雲像」です。

古びた木造の玄関には奈良の寺で見かけるやうな円い柱が何本か立つてゐる。その間を抜けてなかに這入ると暗い。階段の木の手擦は黒光りしてゐる。ギボシがついてゐる。誰もゐない教室を覗いたところで、別に面白いこともない。が、僕らはブラブラ老朽の建物のなかを歩いてみる。ガランと広く天井の高い彫刻の教室も見た。中央にぐるぐるまはる仕掛になつた、モデル台があるほか、粘土を入れた箱とか、木を組み合はせた、骨の上に粘土が半ばかぶさつた、未完成の人体とかがおいてあるだけで至極殺風景である。

石の教室も見た。これは戸外に柱を立てて屋根をのせただけのもので、屋根の下にいろんな石がおいてある。町の石屋と変りない。隅にはフイゴがある。石彫をやる者は自分でノミを鍛へてつくらねばならない。

動物園との境に出来た新校舎も見た。二階建ての、硝子を多く使つた建物である。まだ一部未完成で、職人が働いてゐた。階下の広い工場のやうな部屋では一人の学生が、鉄板か何かにガスの火を吹きつけてゐた。鉄梯子を上つて屋上に出てみると、涼しい風が吹いて来る。屋上は縦百米、横二十米くらゐらしい。すぐ下は動物園である。戦後まもない頃は、この辺に狐が出たと云ふ。動物園のが逃げたのかと云ふとさうでもないらしい。

——猿はいまでも時時逃げて来ます。

とT君が云つた。T君の話だと美校の生徒が塀を乗りこえて動物園に無断侵入を試みるに最も適した箇所があるさうだが、そこは猿と馬の檻の間だと云ふ。

——猿と馬の間だとわれわれと見別けがつかないから。

と云つた。右隣りは上野高校、左手に遠く表慶館、動物園ごし前方遠く東照宮の五重の塔が樹立の間から覗いてゐる。風を浴びながら立つて見てゐると、一羽の白鷺が表慶館の方から五重の塔の方へ飛んで行つた。

石膏室と云ふのも見た。部屋と云ふよりは、二つの棟の中間にある空地の上に硝子の屋根をつけたやうなところである。しかし、ここにはギリシヤやルネツサンスの名作の見事な複製がいとも無造作に並べてある。ミケランジエロ、ドナテルロ、あるいはロダンの大作を前にいかばかり青春の感動が繰返されたことであらうか？

——僕も、とMは云つた。入学して始めてこの部屋を見たときはとてもびつくりして、感激しました。

この部屋には、デツサンをやりかけのままの、画架が幾つも立つてゐる。現に描いてゐる学生も二人ゐた。一人は女学生でミケランジエロの「夜」を、一人は顎髯を蓄へた学生で、ロダンの「バルザツク」を。しかし、この部屋も戦争中手入れが行き届かなかつたとかで、大分傷んだ作品もあるらしい。現にギリシヤのレリイフなぞは幾つかの破片と化して並べられてゐた。

疲れたので門の右手の学生食堂で休息することにした。ここには二、三十人の学生がゐて談笑したり五目ならべをやつたりしてゐる。僕らは一本十五円のラムネを飲んだ。ラムネを飲んだ記憶は、どうもあまりにも遠くて想ひ出せぬほどである。見渡したところ昔のやうに、如何にも画学生らしい風采の学生は、見当らない。同行のT君やMも、

――俺は芸術家だなんて恰好をするのはいやですね。

と云つてゐた。もつとも、神妙に構へてゐるMも、美術学校の寮にゐたときは寮の祭の夕方、酔つて寮生一同と共に素裸で街に繰出し、大いに町内の住人たちを狼狽させたことがある。

――裸と云へばモデルの話ですが、とT君が云つた。新入生で、モデルが生理休暇をとるのがわからないのがゐましてね。

何故休むのかとしつこく訊ねる。また今日は着物を着たままモデル台に乗ると云ふと、風邪をひいたのかとうるさく訊く。最後に生理と説明されても合点の行かぬ顔をしてゐると云ふ。

しからばそのモデルについて多分の知識を得たいと思ふ。美術学校を出て少し行くと、細い路があつて、その中程のところにA画材店がある。店の筋向ひに事務所と云ふのがあつて、

ここにモデル・クラブがある。もし諸君にして御希望があれば、日曜日の午前中ここを訪れるがよい。日曜日は面会日で狭い二階の一室に三、四十人のモデルがつめかけていろいろお喋りをしてゐる。そのなかで自分の希望にかなふモデルを見つければよろしい。一単位三時間で、その間、モデルは二十分ポオズをつくり、十分休むことを繰返す。モデル料は二百五十円から三百円ぐらゐでモデルはその八分をクラブにをさめるらしい。尤も、日曜画家のやうな連中が十人集つて一人五十円づつの会費とすると、モデルは五百円貰へることになる。更に写真のモデルだと一回千円ぐらゐらしい。が、希望者は少い。

ここのクラブには二百人ほどのモデルが登録されてゐるがプロは二割ばかりでアルバイト組が多いと云ふ。むろん、アルバイト組から、プロに転向する者もある。大体、先方の雰囲気に入つて行ける者が自然人気がある。使ひよいモデルと云ふことになる。

僕はこの事務所の二階でA氏に話を聞いた。二階の窓から、向ひに紅殻塗りの日除窓をもつ黒い建物が見える。訊いてみたら、カトリックの修道院だと云ふ。

――修道院と云つても男の方です。モデル・クラブは他にも二、三ある。が、修道院と路を隔てて相対してゐるのはけだしここだけだらう。

――素人画家の注文は多い方ですか？

——いいえ、ありますが、とA氏は云つた。それに面白いのは、会社で絵を始めると何しろ美術も真実の探求と云ふわけで社員がパチンコなんかやめて会社の仕事も真面目にやるやうになるさうです。

そんな功徳があるとは知らなかつたと僕は大いに感心する。

日曜日の面会日以外のときでも、モデルは十二時前後この店にやつて来て仕事の有無を訊く。そのときは事務所でなく画材店の奥の茶の間のやうなところが連絡所になる。ここには、モデルのマネイジヤア格のKさんと云ふ女性が坐つてゐる。Kさん自身、岡田三郎助の「支那服を着た女」のモデルである。

僕が這入つて行くと、そこにはKさんのほかに三、四人モデルが坐つてゐた。何れも若い。ほとんど三分か五分おきにKさんの傍の電話のベルが鳴る。そのたびにKさんは電話に受答へする。ひどく忙しい。訊いてみると、そこにゐる娘さんたちは大体一年ぐらゐモデルをやつてゐるらしい。モデルと云ふよりは洋裁学校の生徒と云つた方が似つかはしい感じがする。現に一人の娘さんは膝の上に布を拡げて頻りに針を動かしてゐた。

——お家では知つてるの？

——母だけに話しました。

二人の娘さんがさう云つた。登録するとき出鱈目の住所を書く者もある。だから仕事があるからと通知しても返つて来てしまふことがある。坐つてゐる一人はニユウ・フエイスとかで、傍で先輩格のモデルがいろいろ注意を与へてゐる。お金の受けとり方について、ポオズについて、等等。ポオズについては、印刷された厚い写真帳があつてさまざまのポオズが出てゐる。新米嬢は何やら心細さうにパラパラとめくつてみる。

——行つて参ります。

と、出かけて行つたから、無事に行けるのか知らんと思つたら、なかには先方に行かないでそのままやめてしまふのもあるらしい。

——つらいことは？

と訊くと、先方の家が見つからないで探すときだと云ふ。最初は二十分のポオズをつくつてゐるときも貧血を起したと云ふ。嬉しいのは？　お金を貰つたとき、と無邪気に答へる。それは当然だらう。また、自分がモデルになつた作品が入選したときと云ふ。これも当然だらう。彼女らにとつては、それが合作のやうに思へる。しかし、モデルも大体二十五、六歳ぐらゐまでらしい。忙しいのは夏から十月ごろまで。

話してゐたら途中で一人娘さんが這入つて来て、生理だけれど明日コスチユウムのモデルはないかと訊く。Kさんが首を振ると、すぐ出て行つてしまふ。

僕も店を出てからもう少し面白い話がきけぬものかと、試みにモデルを注文することにした。電話をかけて三十分か一時間お茶でも飲みながら話したいのだがと云ふと、Kさんが当方車賃もちで二人で千円だと云ふ。そいつは高すぎると抗議すると、たちまち、半額になつてしまつた。どう云ふわけか判らない。現はれた二人は貧血なんぞ起しさうもない堂堂たる若い女性である。開口一番、

――私たちの対象は芸術ですから、それだけの気位はもつてをりまして……。

と云つたので僕は大いに恐れ入らざるを得なかつた。二人共、美術に万更縁のない家庭の娘さんでもないらしく、家庭ではむしろ賛成してゐてくれると云ふ。つらいことは？　別にない。失敗談は？　別に失敗はしない。モデルの典型かもしれぬ。何故モデルになつたか？　食ふため。それはもつともであるが、食ふために何故モデルを撰んだのか？　お金になるから。聞くところモデルの平均収入は一万五千円ぐらゐらしい。

もつとも、話してゐる裡に大分気楽になつたらしく、ポオズをつくつてゐて眠くなるときはたいへん困る、判らぬやうに抓つたりしてあとで痣になつたりすると云つた。アマチュア連中のモデルになつてヘンな眼で見られるのが大いに不愉快なのは当然だが、アマチュア相手ではむしろ女にいい気持を持たぬらしい。もつとも画家となると女の画家の方がいいと云ふ。

――子供相手は？

子供は何でもないが、むりに子供にモデルを描かせようとする先生――これも女らしい――に反感を持つと云ふ。

――世間で誤解されやすいんですけれど、私たち、みんな真面目なんですよ。

と云ふが、それはさうかもしれぬ。現にこの二人も明朗で真面目な女性に見える。この制作協力者にモデルになつた作品で入選したのがあるかと訊ねると、言下に日展と何とか展に何回とか答へた。

しからば最後に展覧会を見ようかと思ふ。美術館では院展、二科展が開かれてゐる。実は、まだ展覧会の始まる前に一度美術館に這入つたことがある。審査風景を見んがためである。が、予定が狂つて二科と行動は飾りつけが始まつてゐたし、院展はまだ審査にかかつてゐなかつた。僕は飾りつけしてゐるところを見て歩き、院展側の人気のないガランとした会場を素通りして探偵小説向きの場所のやうな気持がした。いまは違ふ。会場の壁画は一面に作品でおほはれ、会場を見物人が歩いてゐる。もつとも、ウイイク・デイのせゐか一室に七、八人づつぐらゐである。

作品について僕がここで生半可なことを云つても仕様がない。僕の驚かされたのは、二科の第八室の高い天井からぶら下つてゐるクイズである。賞金五万円。説明に曰く――九月十日より第二回クイズを出題します、と。すると、ここに二度足を運ぶ人は絵を見に来るのか、クイズを見に来るのか？　むろん、絵を見にと答へるのが世の常の頭の持主として賢明である。が、僕にはどうもよく判らない。どうぞ第二回のクイズを見にお出で下さい、と広告してゐるやうに思へる。

出題の下に投票箱がおいてある。僕は五分間ばかりベンチに坐つてゐたが投票者はなかつた。またクイズを見上げて考へてゐるらしい人も見当らなかつた。さう思つて見ると作品自体クイズに思へてくるのが多い。美術の秋に美術の森を歩いて、最後にクイズに驚いては甚だまづいが、仕方がない。驚きついでにそのクイズを左に書いて見ることにする。

美□の□と□えば□科□。□□を□たかニ□□イ□を投□した□と□ラ□がよ□と□わ□と□頃□の□い□の□題です。

もの好きな方は試みられるがよい。

訪問者

今夜は徹夜で仕事を片づけようと思つても、なかなかうまく行かない。こんなはずではなかつたと思ひ出すと、少しばかり意気込みも衰へてトランプを引張り出してペイシエンスをはじめる。うまく開くと申分ないけれども、一度で開くことは滅多にない。あまり開かないと次第に腹が立つて来て、開くまではやめぬと決心する。しきりに立腹しながらやつてゐると、いつのまにか朝になつてゐて、すずめがにぎやかにさへづり始める。とたんにひどくがつかりして身体が沈んで行くやうな気がする。

いつだつたか、やはりやたらにいらいらしながらペイシエンスをやつてゐたら、庭に足音がして誰か書斎の窓をトントンと叩いた。多分、夜中の三時ごろだつたと思ふ。近所に友人がゐて、ときに電車がなくなるまでお酒を飲むと車で帰つて来ることがある。多分、それだらうと思つて窓を開いたら、見たこともない若い男が立つてゐた。寒いのに寝巻らしいやつを着ただけで、やせて大きな眼玉をキヨロキヨロさせて部屋のなかをのぞき込む格好をした。

——何だい？

大いに面喰つて失礼な訪問をとがめたら、若い男はペコリとお辞儀をしてKへの道順を訊ねた。Kなる地名は知つてゐるけれども、それは都下も大分はずれの方でむろん道順など一向に分らない。さう云ふと相手は、自分はM病院を逃げ出して来た者だと真面目な顔で自己紹介をした。M病院と云ふのは頭のをかしい人間の入るところだから、この男も頭がへんてこなのだらう。それに当方が自己紹介をお返しする必要もなからう。Kは大分遠いところらしいから夜中に歩いて行くのはたいへんだ、病院へ帰つた方がよろしい、ともつともらしい忠告を試みたら、相手は眼玉をキョロキョロさせながらも謹聴してゐたらしく、

——病院はどつちですか？　あつちかな？　こつちですか？

と訊いた。自信はないけれども、大体の方角を指すと若い男は自分もその方角を指して勝手に何べんもうなづいた。それからバカにていねいなお辞儀を三べんばかり繰返すと、

——では行つて参ります。

と、駆足で行つてしまつた。何だかへんなあいさつだと思ふ。寝巻を着てゐたのに、駆け出して行く足音からすると靴をはいてゐたらしい。窓を閉めて再びペイシエンスをやつたら、妙なことに一度で開いてしまつた。ペイシエンスはうまく開いたけれども、寝巻に靴をはいて寒い夜空の下を走つて行く男を考へると、こつちの頭も何だかへんてこになる気がする。思ひ出して頭のをかしくなつた天才たちの伝記を集めた本を引張り出して読んでゐたら、い

つのまにか朝になつてゐて、すずめがにぎやかにさへづり出して、とたんに身体が沈んで行くやうな気がした。

幸福な人

まだ中学生のころ、あるとき、一人の教師が僕らに——将来何になるか、と訊いたことがある。指名されてつぎつぎに立ち上つた連中は、大体次のやうなものにその将来の理想像を見出してゐたやうである。曰く、軍人——確か昭和十年か十一年ごろでこの答はかなり多かつた——政治家、医者、技術者、外交官、実業家、と。

ところがなかに一人、

——会社員になります。

と答へたのがゐた。むろん、会社員と答へてをかしい筈はない。をかしい筈はないが、教師も級友たちも何となく笑ひ出した。答へた本人も、もつと遠大な理想を掲げなくて申訳ないとでも云ふらしい顔をして笑つた。事実、他の連中の答に較べると彼——Kと云ふ——の答は何やら平凡すぎる感がしないでもなかつた。

休憩時間に僕はKに訊いてみた。

——何故、会社員つて答へたんだい？

——親爺がさうだしな。それに俺は頭が悪いから偉くなれないからな。

Ｋは当然のことのやうにさう云つた。僕はその答を聞いてたいへん感服した。Ｋは賢明で幸福な人間だと思つた。尤もＫ自身は一向に、自分は賢明で幸福だとは思つてゐなかつたらう。幸福とはある状態であつて、本人がその状態に満足するかしないかだけのことである。しかし、第三者は勝手なものだから、勝手に他人を幸福な奴だとか、不幸な奴だとか、決めこんでしまふ。

僕らに将来何になるかと訊いた教師は、「清貧居士」なる名称を奉られてゐた。これはその先生自ら、われわれ教師は清貧に甘んじて諸君の教育に当つてゐる、と担任になつたクラスに赴くと開口一番さう演説する癖があつたためである。しかし、僕は本人が「清貧に甘んずる」と云ふのはどうもへんだと思ふ。清貧とは貧乏のある状態であるが、この状態は明らかに第三者から見て決めるべきであつて、本人の口から出ると——我輩は全く正直者である、とか——私は此上なく清らかな心の持主であります、とか云ふのと同じく、何だか宣伝と虚偽の臭がする。

Ｋは中学を出ると、ある私立大学に入学した。卒業すると目的通りある会社に這入つた。が、一年ばかりすると兵隊になつて大陸で戦死した。送つて来た中学の校友会新聞に彼の訃報を見出したとき、僕は、

——会社員になります。

と答へたときのKをすぐ想ひ出した。いまでも僕はKをなつかしく想ひ出すことがある。

僕の家の筋向ひにNさんと云ふ人が住んでゐる。四十何歳かで、お母さんと奥さんと子供二人の家庭を持つてゐる。眼鏡をかけた真面目さうな人でどこかの会社に勤めてゐて、僕にはよく判らないが、多分模範的な生活を営んでゐるやうに思はれる。

よく、窓硝子にハンカチがピンと張られてゐるのを見かける。むろん、奥さんが洗濯して張つておくのだらう。多分、Nさんはそのハンカチを毎朝、もしくは一日おきに奥さんに手渡されて会社に出て行くのだらう。日曜日は朝から庭の手入れをしたり、掃除したゴミを焼いたり忙しく働いてゐる。煙草は喫むらしいが、酒なんか飲んで夜晩《おそ》くかへることなぞ一辺もないらしい。大体、奥さんと喧嘩することも——僕は覗いたわけぢやないが——ないらしい。

僕が腹を立てて怒鳴つたりすると、女房はから云ふ。

——Nさんの御主人はほんとに温和しくて大きな声なんて一辺も出したことがないわ。

そんなことを云つたつて始まらない。何しろ先方は模範的な一家の主人だから比較するだけ間抜けだと僕は余計腹を立てる。

Nさんの奥さんも小柄でしとやかな女性である。お婆さんも穏やかでいいひとである。数年前僕の家でタロオと云ふ図体の大きな犬を飼つてゐたことがある。タロオが庭で昼寝してゐると、Nさんのお婆さんは孫の女の子をつれて垣根ごしにタロオを見にちよいちよい来た。そして、女の子に、

――ほら、ごらん、タロオさんはおねんねよ。

と云つてきかせたりしてゐた。タロオさん、と犬にさんづけしたのには僕も驚いたが、そのとき、何となくこのお婆さんはいい人なのだと云ふ気がした。Nさんの長男は中学生だが、これも真面目らしい顔をした少年で、よくNさんと一緒に掃除したり工作したりしてゐる。つまり一家全部が模範的分子から構成されてゐて、尠くとも僕の知る限り非の打ちどころがない。のみならず、Nさんは二三年前、貯金した金でどことかに土地を百坪ばかり買つたと言ふ。更に最近はお婆さんの隠居所や風呂場を建て増した。Nさんの家の前を通ると、風呂場のスノコがちやんと庭に干してある。僕の家の風呂場のスノコなんて洗つて干したことなぞ一遍もない。

僕はNさんとあまりつきあひはない。引越した最初のころはバスで顔を合はせても誰だか判らなくて何遍も失礼した。その前に、お正月、紋つき羽織袴で年始に来られたことがあつたから全く申訳ない。しかし、このごろはそんなことはない。先日は何とか云ふ蘭の一種を

分けて貰つた。

僕にはよく判らない。しかし、僕はNさんは立派な人だと思ふ。Nさん、並びにNさんの一家は僕の見たところ幸福だと思ふ。ある人はかう云ふかもしれない。酒も飲まず女遊びもせず、人生何の愉しみがあるか、と。しかし、これは尤もらしい遁辞である。それは当人自らのために用意すればいいのであつて他人の生活を見て用ゐるべき言葉ぢやあるまい。Nさんのやうな人が、Nさん一家のやうな家庭があると云ふことは、尠くとも僕にとつてはこの慌だしく雑然たる世の中にあつて一服の清涼剤を見るやうに思はれる。

先日、徹夜で仕事して朝になつて表に出てみたら、Nさんは庭でラヂオ体操をやつてゐる。女房に訊くと、もう何年も毎朝やつてゐるのだと云ふ。いまごろ気づいたのは遅すぎるが、何だか愉快な気持がした。

僕は新宿のTと云ふ酒場によく行く。学生時分から行つてゐて気心が知れてゐるからである。茲でよく見かける客にMさんと云ふ人がゐた。どう云ふきつかけだつたか記憶にないが、いつからともなく両方で会釈し合ふやうになつた。背の低い小肥りの人物で顔を合はせるとニコニコしてたいへん叮嚀にお辞儀する。Mさんを最初見たとき、前に云つた中学時代のKによく似てゐると思つたことがある。事実、よく似てゐた。が、Mさんは会社員ではなく、何か自分の仕事をしてゐたらしい。Mさんの顔を見ると、何となくのんびりした気持になつた。しかし、僕らは話を交すわけではない。別別の席で飲んでゐるだけである。

Mさんはときどき、ほつそりして眼鏡をかけた温和しさうな奥さん同伴のこともあつた。いつだつたか奥さんと一緒のとき、Mさんは酔つてゐたのだらう。帰りがけに、僕がある雑誌に書いた小説の題をあげて、

——たいへん面白く拝見させて頂きました。

と云つた。僕は面喰つて大いに恐縮した。すると傍の奥さんが、感想を述べようとするMさんを低声でたしなめた。

——あなた、判りもしないのにお止めなさいな。

Mさんはニコニコして、だつてお前、いいぢやないか、とか云つてゐたけれども結局奥さんに引つ張られて出て行つた。奥さんの方は、ほんとに酔つて申訳ございませんと、僕に謝つたりした。そのときのMさんはちよいと駄駄つ子みたいで面白かつた。僕はMさんも奥さんもいい人だと思つてゐた。多分、この二人も幸福なんだらうと思つてゐた。

ところがその後暫くMさんを見かけなかつた。そのつぎ二三ヵ月経つてからTでMさんに会つたら、Mさんは片足に厚く繃帯を巻いて草履をはいてゐた。

——どうしたんですか?

と訊くと、Mさんはニコニコして車に衝突したのだと言つた。そして杖をついて跛《びつこ》を引いてゐた。

——お大事に。

——有難うございます。

その後も跛を引いてゐるMさんを何遍も見かけた。なかなか癒らないらしかつた。が、Mさんはいつもニコニコして会釈した。しかし、僕は足の癒つたMさんを見た記憶がない。

先日Tで飲んでゐて、Mさんを想ひ出した。最近ちつとも見かけない。店の親爺にMさんの消息を訊いてみた。すると親爺は驚いた顔をして低声で言つた。

——御存知なかつたんですか？　Mさんは亡くなられましたよ。

今度は僕が驚く番であつた。

——全然知らなかつた。どうしてなくなつたの？

——それがね……。自殺なんです。

僕は更に驚かねばならなかつた。Mさんは暫く前から事業がうまく行かなくて——何の事業か知らぬが——借金が増えて鉄道自殺したと云ふのである。僕は酒を飲みながら、いつもニコニコして春風駘蕩の趣きのあつたMさんを想ひ出した。Mさんと自殺とはなかなか結びつかぬ。Mさんは会釈するたびにニコニコしてゐた。僕はMさんは幸福な人だと思つたし、奥さんもさうだと思つた。が、ニコニコ会釈してゐたときもMさんは大きな不幸を隠してゐたのだらう。足を怪我したのも心配事があつてそれに気をとられてゐたためらしかつた。

——いい人でしたがね、死ななくてもいいのに。

と親爺は云つた。いつもニコニコしてゐたMさんが鉄道自殺した瞬間のことを考へると僕は妙に佗しくなる。僕らはみんな自分の生活を持つてゐるわけだが、こんなとき、自分の生活の他にも生活があつて、それがすべて時間の流れに押し流されてゐるのだと改めて痛切に感ぜざるを得ない。僕はMさんは幸福な人だと思つたと書いた。が、いま不幸な人と訂正する気はない。他人の幸、不幸なんて、それは誰にも判らぬことだらう。ただ僕にとつて不幸なのは、TでニコニコしたMさんの頭を見てのんびりした気分になれぬことである。

ベレエ帽

僕はちよいちよい新宿に出る。出るとお酒を飲む。よく行くのはTと云ふ酒場である。Tには女性がゐない。と云ふことは、給仕する若い女性がゐないと云ふことであつて、全然ゐないわけではない。一人女性が――店の親爺の細君がゐる。がもう年輩で、お酒の燗をしたり、伝票をつけたりしてゐる、細君をつらつら眺めたところで一向に面白くない。どうせ眺めるなら、若い美人の方がはるかによろしい。

Tで働いてゐるのはみんな若い男で、五、六人ゐる。この連中の威勢のいい掛声を聞きながらお酒を飲む。若い女がゐないせゐでもあるまいが、同伴の――むろん、男女である――客も多い。見てゐるとつれの男性より勇敢に杯をあげる女性もある。が、一人で這入つて来て飲むと云ふ女性は滅多にゐない。一人、銀座のバアで働いてゐる若い女性で一人で悠然と這入つて来て飲むひとがゐる。

――コノワタでも頂かうかな。

なんて云つて、独酌してゐる。彼女が僕に話したところによると、彼女は酒を飲む雰囲気が好きだと云ふ。特に、自分が客になつて飲む雰囲気がいいらしい。更に、Tには若い女がゐないと云ふことがいいらしい。

しかし、彼女みたいのは例外であつて、一人で飲む女性は殆どゐないと云つてよい。いつだつたか僕が一人で飲んでゐたら、一人ベレエ帽を被つた女の子が這入つて来た。店はまだ空いてゐて、客は二三人しかない。だから坐るところは他にも沢山あつた。それなのに、その女性は、恰かも予定の行動のやうに僕の隣りに坐つた。

――お酒つけて。

と云つて烟草に火をつけた。ところが、店の若いものは錯覚を起した。その女性が僕のつれだと思つたらしい。ちよいと笑つて、僕の伝票につけようとしたから、僕は大いに面喰らつた。

――おい、違ふんだぜ。

と注意してやつたら、今度は先方が少しポカンとした。しかし、当の女性は平気な顔をして僕をじろじろ見る。何だか落ちつかない気がして仕方がない。しかし十分もしたら、彼女のつれの若い男が現はれたので、やれやれと思つた。が、今度はその若い男が僕をちよいちよい見る。他に沢山席があるのに二人並んで坐つてゐたのだから気になつたのだらう。しかし、僕にすればこんな迷惑な話はないのである。いまもつて、ベレエ帽の彼女が何のために僕の隣りに坐つたのか見当がつかない。

ベレエ帽と云へば、若い女性が二人で這入つて来たことがある。その一人がベレエ帽を被つてゐた。多分、どこかの学生だつたのだらう。二人で話しあつて、一大決心をして這入つて来たものらしかつた。この二人も僕の隣りに坐つた。尤も、このときはそこしか空いてゐなかつた。

——どうする？　ビイル？

——ここぢやお酒を飲む方がいいらしいわ。

とか、心細さうにひそひそ相談して、小さな声で、

——お酒下さい。

と云つてゐるあたりは、何だか可愛らしくて愛嬌があつた。それに二人ともなかなか美人だつたから、僕は愉しく見物することにした。ところが、二人で二本ばかり空にしたころから、少し変になつた。

——何か、食べようよ。

——その隣りのひとの食べてんの、何かしら？　ね、それ何ですか？

と、隣りのひと——即ち僕に大きな声で訊ねた。僕はウニだと教へてやつた。

——ウニ？　いやだわ、まづさうね。

——お刺身がいいわ。でも、あら、高いから、安いのは何だらう？

結局二人は、一人前の刺身を二人で食べた。お酒も更に二本飲んだ。その間、何やら勇ましく論じあつてゐた。

——あれは莫迦よ。

——さうよ、大莫迦よ。

その大莫迦と云はれてゐるのは、どうやら、二人の学校の先生らしかつたから穏やかでない。ベレエ帽の娘さんの方は頬杖ついて気焔をあげてゐたが、肘がすべつて、僕の杯を引つくり返した。

——あら、と彼女は僕の顔を見てにつこり笑つた。御免なさい。

——いや。

と僕も云ふほかない。しかし、いや、と僕が云つたときは、もう彼女は向うを向いて、気焔のつづきをやつてゐた。ハンカチで、洋服にかかつたお酒を拭いてゐたら、店の若いものが頻りに僕に謝つた。

——こら、お酒、もう一本。

と、娘さんがその若いものに云つた。

——大丈夫ですか？　お嬢さん。

——へん、とベレエ帽が云つた。心配無用。

そして僕を振り返ると、

——ね、さうですわね？

と云つて舌を出した。

Tで隣りにベレエ帽の女性が坐るとろくなことはない。が、その後、ベレエ帽の女性はTに現はれない。だから、目下、僕も安んじてお尻を落ちつけてゐられるのである。

入試採点の心境

毎年三月になると、入学試験の採点と云ふものがあつて、たいへん忙しい思ひをする。何しろ、何千枚――あるところでは万を超す答案を、間違ひなく、しかも迅速に見て行かなくてはならない。これが他の原稿か何かだと、締め切りをのばしてもらふことも考へられるけれども、多くの受験生諸君が待つてゐる発表日をのばすわけにはゆかない。即ち黙黙として機械のやうに働いて終はつてからぐつたりするのである。ある大学ではホテルに缶詰になつて答案を見るとか聞いたけれども、われわれの方は学校内の殺風景な一室で営営として馬車馬のやうに働くのである。

しかし、採点者はおほむね博愛精神に富んでゐて、よくできてゐる答案に出会ふと何となくほつとして愉快になる。尤も、たいへんきたない答案を苦労して判読して全然できてゐないのが判ると、ひどくがつかりして二倍ぐらゐ疲れた気持になる。同時に、白紙答案にぶつかるとやはりほつとする。これは手間がはぶけるからであつて、採点者が冷酷なわけではない。が、白紙答案と云ふのは年とともに減つてくる傾向にある。これは落書きも同じである。

五、六年前までは落書きが大分あつた。せつかく紙とペンがあるのに、何も書かないのはつまらん、と云ふ量見からか、「都の西北」をご叮嚀にも一番から三番まで間違へずに書いた人物がある。藤村操ばりの文章を書いた者もあるし、啄木調の歌を書いた者もある。しかし、次第に学力が向上してきたのか、高い受験料を払つて落書きを書くのは莫迦らしいと云ふ考へ方が多くなつたのか、多分その両方だらうが、落書きは次第に減つてきた。

今年は二つぐらゐしかなかつた。一つはヴエルレエヌの「巷に雨の降るごとく」をもじつた詩で、もう一つは「僕を入学させたら、それは気狂ひだ」とか何とか云ふ意味のやけつぱちの文章で、単調で殺風景な採点場にひととき笑ひの渦を巻き起こした。他の受験生が問題と取つ組んでゐるのを横目でにらみながら、落書きを書く心境は何だか判るやうな気もする。

しかし、今年落書きが尠なかつたのは、問題が素直だつたせゐだらうと思ふ。それに今年は新卒業生の合格者が多かつた。例年、第一次試験に合格して面接試験に出て来るなかには、所謂、浪人二年、三年組がかなり沢山ゐた。ところが、今年は例年にくらべて浪人が尠なかつた。この理由はなぜか。僕にははつきり判らない。僕は例年の出題傾向とか何とか専門的なことは知らないけれども、今年の問題は——と云ふのは文学部の英語であるが——素直でひねくれてゐない。つまり、高等学校で一応ちやんと英語を勉強して身につけてゐればできるはずの問題である。素直な問題ができるのが実力と云ふものであつて、ひねくれた問題や難問なら解けるが平易な問題だと間違へると云ふのは話がをかしいのである。しかし、平易な問題だと誰でもできて差がつかないと云ふ心配もあるのだらうけれども、妙なことに、それでもちやんと差はつくのである。

同僚のK君の説によると浪人の受験生が今年第一次合格者のなかに尠なかつたのは、問題が素直だつたからだと云ふことになるらしい。つまり一種の受験技術を身につけてゐるために、素直な問題を見てもひねくりすぎて考へるらしい。或はさうかもしれない。学内の試験でも、何でもない文章を出すと案外書けてゐない。少しばかりややつこしいところだと、何とか書いてあることがある。やまをかけるのかもしれないし、ややつこしいところだからよく調べるのかもしれない。一番実力が判るのは辞書を使はせて試験することであるが、無論、入学試験ではそんなことはできない。

われわれを笑はせる落書きは減つたけれども苦笑させる答案は尠なくない。一例を挙げると sum of happiness と云ふのを「幸福の太陽」と訳した答案が多かつた。これは sum（量）を sun（太陽）と読み違へたので、なかには「息子の幸福」と訳したのもある。sum を son（息子）と間違へたのである。しかし、実際のところ、問題なのは英語ではなくて日本語なのであつて、幸福を幸服と書いてあつたりすると、苦笑どころか些か考へこまずにはゐられないのである。

早慶戦

早慶戦は青春の祭典である、どつちが勝つても負けてもいいものだ、と僕に話してくれた先輩がゐる。青春の祭典だと云ふのには、僕も異論はない。が、その先は一向に承服出来ない。現に、それから二年ほどして早慶戦に早稲田が敗れた日の夜、新宿でその先輩にたまたま出会つたら、

——君、面白くないね。なつとらんぢやないか。なんだ、早稲田のあのざまは。

と、頗る気嫌が悪かつた。恰かも、早稲田の敗因は僕の責任みたいな云ひ方だつたから、尠からず面喰つた。そんなとき、どつちが勝つても負けてもいいものだ、青春の祭典だから、なんて云へば怒り出すに決まつてゐるのである。多分、青春の祭典だ、とその先輩が話してくれたときは、早稲田が大勝した日だつたかもしれない。

僕は昔から、野球は嫌ひぢやない。子供のころから、早稲田贔屓であつた。伊達がマスクを捨ててマウンドに上り、三日連投して慶應を降したときは、総理大臣より偉いと思つた。その真似をして子供チイムのピツチヤアになり、伊達のつもりで投げてゐたら大敗を喫して

不思議でならなかつた。

しかし、妙なことに、早稲田の学生になつてからは殆ど早慶戦を観なかつた。一度、友人が切符をくれたので、観に行つたことがある。当時は制帽を被つてゐない学生は、入場させない規則があつたらしい。僕は学生のころ、帽子を被らなかつた。そのときも被らないで行つたら、入口に立つてゐる腕章を巻いた学生が、帽子を被らないとは何事だ、と威張つた。それが面白くなくて、観に行く気がしなくなつたのかもしれない。

戦後、早稲田に勤め出したら、切符をくれる——と云つても厳密に云へば買ふのだが——ので観に行くやうになつた。神宮がまだ米軍に接収されてゐたころ、後楽園で早慶戦をやつたことがある。そのときも観に行つた。後楽園球場は始めて這入るので勝手が判らない。よく判らないまま入場したら、三塁側の内野に這入つてしまつた。気がついて失敗つたと思つたけれども、仕方がない。まはりは悉く慶應ファンである。僕が腹の立つとき、まはりは拍手喝采する。面白くないこと夥しいのである。

早慶戦を観るひとの多くは、他の大学には失礼ながら、早稲田慶應ともに無敗で相見えて雌雄を決することを理想としてゐるやうである。僕もそれを望む一人である。だから、慶應が他の学校とやるときは、慶應に勝つて貰ひたいと思ふ。むろん、早稲田とやるときは、早稲田が勝たなければ面白くない。それも連勝は呆気ないから、一勝一敗で決勝戦で勝つと云ふのがよろしい。しかし、そんなことを云つてゐても、球場に行つて観てゐるとき早稲田が負けると、やはりがつかりする。

いつだつたか、いまは潰れてしまつたグリイン・パアク球場で早明、慶立の試合があつて観に行つた。僕は友人と二人で、早稲田に応援した。早稲田が勝つて、そのあと、慶立戦が行はれた。僕と友人は本来の主旨から当然慶應に声援を送つた。その裡、気がついてみると、僕らの前の席に坐つてゐる三人の娘さんの挙動がどうもをかしいのである。ときどき、僕らを振返つては何やらひそひそ話をする。が、その振返つたときの眼つきが頗る険悪である。どうも妙な娘だと思つてゐたら、娘の方も少し無遠慮になつたと見えて、僕らに聞えるやうにこんなことを云つてゐる。

——変なひとね。早稲田を応援してたくせに、こんどは慶應を応援してるわよ。

——頭がをかしいんぢやないかしら。

頭がをかしいんぢやないかしら、は些か心外だから覗いて見たら、胸につけてゐるバッヂで立教の女学生と判明した。彼女たちは早明戦のときは、大いに早稲田に応援してくれた。彼女らにすれば、早稲田を応援してゐた僕らが、最大の敵慶應を応援する筈はない、と考へてゐたものらしい。順序とすれば立教を声援するのが当然だと思つたのかもしれない。しかし、気の毒ながら当方にも都合があるから、さうも参らないのである。

しかし、この秋の早慶戦には驚いた。おそらく、今後、こんな早慶戦が行はれることは殆どあるまい。結局、早稲田が勝つたけれども、正直のところ、やれやれと思つた。五回戦が引分になつたあと、友人の一人は早稲田と慶應の両方を優勝校にした方がいい、と頻りに力説してゐたけれども、そんな訳にも行かないだらう。六回戦が終つて、早稲田が優勝してしまつたら、どう云ふものか、青春の祭典だからどつちが勝つても負けてもいいものだ、と云つた先輩を想ひ出した。もし、この先輩にどこかの酒場で会つたとしたら、いい御気嫌で同じことを云ふかもしれない。尤も、六連戦のおかげで、僕は一週間何も出来なかつた。

僕の女房の兄貴は、戦前早稲田の理工科を出た。ところが戦後心境に変化を来したものらしく、慶應の医学部に入学し直して医者になつてしまつた。医学部の助手をしてゐたころ、僕は病気になつて慶應病院に行つた。女房の兄貴がカルテに何と書き込んだのか知らぬが、僕は慶應の教師と間違へられた。

——大丈夫、今日はうちが勝ちますよ。

と、僕を診察した年輩の先生が云つて、僕は何とも返答に窮した。ちやうど早慶戦の日だつたのである。ところで女房の兄貴は早慶戦のとき、一体如何なる心境にあるのか、他人事ながら気になるので訊いてみたら、笑つて答へなかつた。曰く云ひ難し、とでも云ふのだらう。

住み心地

暑くなつて乗物に乗ると、片側のシイトが空いてゐて、片側のシイトだけ乗客が一杯坐つてゐる光景を見かける。乗物といつても、地下鉄は例外である。理由は極めて簡単で、誰も坐つてゐない席の方には、陽が差し込んでゐる。これが長時間乗つてゐるのなら、まだ話も判るが、僅か二駅か三駅の間を乗つて行くにも、ちやんと陽の当らない側の席に坐る人が多い。暑いときには、陽かげを好むのは当然のことであつて、坐る人は別に理屈も何もない、一種の本能でさうするのだらう。

なかには、陽蔭の席は殆ど一杯で、反対側の席はガラガラなのに、無理に人と人との間にお尻を割り込ませようとする人も、ちよいちよい見かける。狭いところにはさまつて、却つて暑苦しいだらうに、と思ふけれども当人は陽向よりはましだと思つてゐるのかもしれない。いや、そんなことも思はないで、これも一種の本能でやつてゐるのかもしれない。

ところが、アメリカ人が乗物に乗つてゐるのを見ると、彼らは別にこんなことは気にしてゐないらしい。僕の見たところ、真中に空いてゐる席があれば無造作にそこに坐つて、陽向、陽蔭なぞ一向に問題にしてゐないらしく見える。かう云ふところを見ると、日本人と云ふのは、自然に対して本能的に対処する心構へがあるのかもしれない。かう云ふ心構へ――神経と云つてもよい――は、案外デリケエトなものだと云へぬこともなからうが、同時に、こんな些細なことにいちいち反応を示すのは、何だかせせつこましいと云ふ気もするのである。

先日、電車に乗つてゐたら、やはりこんな光景にぶつかつた。一人の中年男が乗つて来て、反対側――つまり陽向の側の席は広くあいてゐるのに、人で一杯の陽蔭の席の僅かな隙間に尻を入れようとした。すると、傍の婆さんが、

――あんた、向うが沢山あいてるぢやないの。向うの方が楽よ。

とたしなめた。するとその男は、窮屈な隙間に無理に坐りこんで云つた。

――向うは暑いからね。向うが楽なら、あんたが向うに坐つたらどうだい？

婆さんはひどく御機嫌を損じたらしく、何かブツブツ呟いてそつぽを向いた。婆さんは気を悪くしたが、多分男の方も窮屈なところに坐つて、他の乗客の視線を浴びて、必ずしも坐心地がよかつたとは云へないだらう。また、見てゐた人のなかにも、その男の言葉を聞いて、いささか不愉快に思つたものがゐたかもしれない。さうなると、陽蔭の席に坐りたいと云ふ一人の男の行動のおかげで、何人かの人間が面白くない気分になつたことになる。狭い国のなかで、人間が沢山ゐる国のなかで、こんなことを繰返してゐたら、住心地は悪くなりこそ

すれ、よくはならない。些細なことかもしれぬが、実は些細ではないかもしれない。しかし、実際問題として、空いてゐる広い席に悠然と坐る方が気持がいいし、陽向だといつても、ブラインドを半分ばかり降して風に吹かれてゐると、窮屈な思ひをして陽蔭の席に坐るよりもはるかに涼しいのである。

大分前、スコットランドのなんとか云ふ湖に、恐竜が姿を現はしたと云ふ記事を読んで胸をわくわくさせた記憶がある。むろん、誰かがホラを吹いたのか、何かと見間違へたのらしかつたが、事実と思ひたい気持があつた。最近は、ヒマラヤの雪男が話題になつた。現に見たと云ふひともゐるのだから満更嘘ではないかもしれない。が、半信半疑の気持である。

雪男も動物だから寿命と云ふものがあるだらう。いつまでも生きてはゐられまい。それが死んだら永久にその姿は見られなくなるだらう。と云ふと、雪男は一人——あるいは一匹と云ふのかもしれぬが——ぢやなくて、何人も何十人もゐると云ふかもしれない。しかし、何人も何十人もゐれば、もつと人の眼につきさうなものだと思ふ。そればかりか、雪男にはそのお袋さんがゐなくちやならない。そのお袋さんは男の筈はないから、雪男とは云へない。雪女と云ふ名称があるが、これは別の意味に使はれてゐるから、この場合使へない。が、ともかく女性もゐる筈である。さうなると、雪男と云ふよりは雪人と云つた方がいいかもしれない。

　こんなことを友人に話したら、

　——つまらんことを云ふな。

　と笑つた。

　しかし、ヒマラヤのどこかに雪男だけの住む別世界があつて、そこに雪男——雪人たちの生活が営まれてゐる、と考へると興味を覚える。誰かに見られたと云ふ奴はうつかり遠出に出たのかもしれない。それとも現在騒がれてゐる雪男は、滅び行く雪男の最後の一人なのだらうか？

　が、肝腎な点は、雪男の存在が問題になると云ふことであつて、これはあまりにも便利になり、あまりにも夢を失つた地球に、僅かながら未知の夢を託したい気持の現はれかもしれない。月の裏側まで見られ、宇宙旅行が騒がれる今日では狭い地球上に謎は殆どなくなつたらしい。それ故にこそ、謎が問題になるのであつて、僕はこんな種類の謎には尠からず関心をそそられるのである。

研究室

その部屋は一階にある。しかし、誰でも地下室だと思ふ。正面の玄関の階段を上つて二階に相当するところが一階になつてゐるからである。正面の階段を上つて、横手の陰気な狭い階段を降りて行くと、いかにも地下室に行くやうな気分になる。水洗になつてゐるのだが、手洗所の匂ひがいつも漾《ただよ》つてゐる。

その部屋は小さい。五坪ぐらゐのものだらう。そこにデスクが三つと回転椅子が三つある。椅子には青いビロオド地が張つてある。助教授のときには、緑色のレザア張りの奴であつた。こんな些細な調度品にも、階級意識が浸透してゐる。これが官庁でも会社でもない、学校だから恐れ入る。何故区別しなければならないのか、僕にはよく判らない。

別に普通の固い椅子が三つ、四つある。来客はこれに坐る。硝子張りの本箱が二つあつて、これに辞書だとか洋書が並んでゐる。卒業論文も並んでゐる。廊下に面した窓は釘付けで開かないやうになつてゐる。前に泥棒に入られて本を盗まれた。それ以来、釘付けになつたのである。この窓の下に小机がひとつあつて、ビニイルの汚れたカヴアがかかつてゐる。前には、この上にM・J・Bの鑵《かん》だとか、珈琲ポットだとか、急須だとか、角砂糖の箱がのつてゐた。いまは何ものつてゐない。所有者のS氏が別の部屋に移るとき持つて行つたからである。

壁ぎはに細長い机があつて、オブザアヴアとか、ニユウヨオク・タイムズ・ブツク・レヴイウなぞが積んである。この他にも、長いベンチがひとつあつて、狭い部屋は歩きまはる余地なぞ殆どない。

その部屋には、廊下と反対側に窓がひとつある。窓の下にスチイム用のパイプがある。銀色に塗られたパイプは——しかし、冬でもなかなか熱くならない。窓の上の天井に近いところを、一本の灰色の太いパイプが右の壁から左の壁へと通つてゐて、美観を損ねること夥しい。これは本管で、これから銀色のパイプが下りて来て、窓の下のパイプにスチイムが送られる仕掛になつてゐる。この太い灰色のパイプを見てゐると、そこから首を吊つてぶら下つてゐる人間を想像する。首吊りを想像することなしに、そのパイプを見ることは滅多にない。

窓の下のスチイムのパイプの傍に、籐の寝椅子が一脚おいてある。これは同室のK君の私有物である。細長い布団がのつてゐて、枕には白いカヴアがかけてある。これはK君の奥さんの心遣ひだらう。これだけでも、K君の円満にして整然たる家庭生活の一端が窺はれぬでもない。この寝椅子は僕もちよいちよい利用させて貰ふ。疲れたとき、寝椅子に凭れると具合がよい。

その窓には細い鉄格子がはまつてゐる。二枚の大きな窓の下の奴を押し上げると——これには相当の力を必要とする——鉄格子ごしにささやかな三角形の空地が見える。空地の右半分ばかりを一軒のペンキ塗りの木造家屋が占領してゐる。よく判らないが、心理学教室の実験に使ふ動物を飼つてゐるとか云ふ話である。左手は大谷石の崖になつてゐて、この高さ三米ばかりの崖が窓から見える空地を斜めに切つてゐる。崖の上は見えない。木や草が茂つてゐて、やはり空地なのかもしれない。崖の上から蔓草が垂れてゐたこともある。

空地には、七、八本の銀杏の木が植ゑてある。黄ばんだ銀杏の葉がひらひら舞ふのを見ると、シラノの台詞を想ひ出したりする。すると、その空地が舞台装置のやうに見えたりする。しかし、空地で白い鶏が五、六羽遊んでゐるのを見たりすると、誰かの画で見たやうな眺めだと思ふ。誰の画か判らない。

空地には草は生えてゐない。うつすらと苔がついてゐる。空地ではなく、庭と云ひたいのだが、空地としか形容出来ない。強ひて云へば裏庭とか中庭とか云へぬこともない。それも、古タイヤとか茶碗のかけらとか千切れたボタンなぞが落ちてゐる中庭の感じがする。と云つても、その空地にがらくたが散らばつてゐるわけではない。

崖の大分向うに、巨きな木が二本、空を背景に聳え立つてゐる。亭亭と聳えると云ふ感じで、風の強い日なぞ、この大木が葉を翻へしてゐるのは洵に壮観である。そつちの方は地盤が高くなつてゐるので、実際以上に大木に見えるのかもしれない。しかし、何の木か僕は知らない。

——あれは、何の木だらう？

ある日、K君に訊いてみた。

——さあ、何だらう？　巨きい木だね。

K君も知らなかつた。

鉄格子のはまつた牢屋みたいな窓から、僕は寝椅子に凭れてよく二本の大木を見る。窓から見える限られた風景のなかで、僕の心を愉しませるのは、この二本の大木ばかりである。この大木を見てゐると、昔読んだ詩を想ひ出したりする。遠くの二本の大木を見てゐると、どう云ふものか旅を想ふ。何故か判らない。

他人の話

われわれの日常生活は、他人との接触によつて成立してゐる。毎日、沢山の人間に接触する人もあるし、ほとんど他人と顔を合はせぬと云ふ人もある。しかし、それも程度の差があるにすぎない。直接、他人と接触する場合は、他人の言動に直接ふれるわけだから、そこに自分の判断が産まれる。ちよつと親切を示されると、いい人だと思ふ。厭な態度を示されると、不愉快な奴だと考へる。

しかし、これが間接になると他人の話を聞いて判断するわけだから、厄介なことになる。ある人の言動が当方に伝はる場合、その間に第三者が介在する。これが親しい仲間同志なら、あいつ、あんなことを云つたが大分誇張がある、とか何とか当方で調節できる。しかし、特に親しくない人の場合は、第三者の主観を通した人間像しか得られない。これがたいへん困るのである。

大分前のことだが、友人のAが来てB氏の噂をして行つた。B氏はぼくも知つてゐる年輩の紳士である。が、普段はほとんど顔を合はせない。そのB氏が、やはりぼくの友人のCの家を訪ねたのださうである。B氏は長つ尻で有名だから、そのときもCの家で長いこと話しこんだ。夕方になつたら、B氏がCに酒を買へと云つた。当時Cは失職してゐて金がない。仕方がないから、近所で借金して酒を買つた。しかし、CはBと酒を飲みたくない。それに、病後でもあつたから、あまり酒を飲んではいけない状態にある。だから、Cは、

——ぼくは飲めませんから……。

と断つた。すると、一人で酒を飲み出してゐたB氏はたいへん不機嫌になつて、

——不愉快だ。

と帰つて行つた。と云ふのがAの話で、Aはその話をCから聞いてぼくに伝へたのである。この話を聞いて、ぼくはB氏にいい感じが持てなかつた。失業中の病後の人間を摑へて酒を買へと云ふのは無茶な話である。B氏をそんな人物だと思つてゐなかつたから、よけい面白くない気がした。

ところが、それから二、三日してCがやつて来た。

——こなひだ、珍しくBさんが来た。

——うん、Aから聞いた。

しかし、Cの話を聞いてぼくは意外に思つた。Cの話によると、珍しくBさんが来たから、いろいろ話をしてゐたら夕方になつた。すると、B氏は財布を出してCに金を渡して、これ

で酒を買つてくれといつた。Cは体面に関るから、近所で借金して買はうと思つたが、B氏の好意を受けることにして細君を買ひにやらせた。Cはもともと酒が好きである。しかし、病後だし、それに長話をして疲れてゐたので、あまり長居されると困るから沢山は飲まなかつた。この気配を察したのか、B氏は尻を持ち上げて、

——君が飲めないとは残念だ。もう少し元気になつたら、改めて飲まう。

と云つて帰つて行つたと云ふのである。

話はたいへん些細なことにすぎない。しかし、実は些細ではない。Aの話のB氏と、Cの話のB氏とは、同じB氏でありながら大いに違ふ。この場合、Cは直接B氏の相手になつたのだから、ぼくはAよりCの話を信用してB氏に悪い感じを持つたことを訂正できる。しかし、Cが話してくれなかつたらぼくの頭のなかにはAの話したB氏しか残らない。われわれの日常生活で耳にする話は、多かれ尠なかれ、これに類した変貌をとげてゐると考へられる。Aの話とCの話とでは、B氏の人格に及ぼす影響の相違が甚大と云はねばなるまい。

爾来、他人の話を聞くとき、ぼくは三十パアセントぐらゐ訂正の余地を残しておくのである。

朝食に肉を喰ふ

戦後数年経つたころ、胸部疾患で一年ばかり臥てゐたことがある。理由は至極簡単で、悪い酒を飲みすぎたのである。尤も当時はいいお酒などなかつたのだから仕方がない。その悪い酒を殆ど何も食はずにやたらに飲んだのである。悪い酒を飲み酔ふことに、一種の情熱を持つてゐたやうに思ふ。戦前、学生のころからお酒を飲んだが、そのころから飲むときはものを食べなかつた。その癖が残つてゐて、悪い酒を飲んでも何も食はない。

それが身体によろしくないことは、病気になつてから知つた。医者の話だとカストリとか焼酎を飲みすぎると体内のヴィタミンだか何かが破壊されるらしい。油つこいものを摂るとそれが或る程度防止出来ると云ふことらしい。その埋め合せのためでもなかつたらうが、病気で臥てゐる間は女房がやたらに肉類を食はせた。それから、病気が癒つて再び酒を——今度はいい奴だが——飲むやうになつてもいろいろ肴を食ふやうになつた。だから、いまではお酒を飲まうとする場合、何を食はうかな、と先づ考へる。これも医者が——癒つても酒を飲むことはすすめない。しかし飲む場合は心していろいろ食べた方がいい、と云つたからである。

これを健康法と云へるなら、僕の健康法はこの程度の実に原始的なものにすぎないのである。大体、健康法など常日頃考へたことがない。知人に一人、いつも鞄のなかにどつさり薬を入れてゐる人物がゐる。

むろん、健康に万全の注意を払つてゐて、見るとよくコップの水を片手に、あるいは牛乳の瓶を片手に、もう一方の掌にのせた薬を飲んでゐる。

——それは何の薬ですか？

——うん、これはドイツの奴で、いろいろ効くんだよ。

とその効能を教へてくれて、更にその他夥しい数の薬を鞄から取出して説明してくれる。それから、お前さんもそろそろ年だから日頃から健康に注意して、いい薬を飲んだ方がいいぜ、と忠告してくれる。

ところが、この人が病気になつて入院して手術した。病名は十二指腸潰瘍と云ふのだが、当人はシエイクスピアの専門家だが酒は飲まず煙草は喫まず、むろん夜遊びもしない。手術の経過が良好で退院する数日前見舞に行つたとき、

——どうも、原因は薬の飲みすぎぢやないかしら？

と云つたら、強情な人だから、いや決してそんなことはない、と頑として受付けなかつた。

しかし、それ以外には考へられないのである。

僕は薬が嫌ひだから、殆ど飲まない。シエイクスピア氏が薬の瓶の蓋を開けて振出さうとしてくれても、手を振つて断る。薬を飲まないと云ふのが健康法の一つと云へるなら、これも健康法だが、やはり原始的と云ふ他ない。

薬は飲まないが酒はよく飲む。宿酔のときはトマト・ジユウスとか、レモンを絞つたジユウスを飲む。それから牛乳をよく飲む。しかし、健康を考へて飲むことは一度もない。

大体、飲み食ひはたいへん原始的なことであつて、そのときトマト・ジユウスを飲みたいから、飲んで旨い筈だから飲むのであつて、何でも栄養とか健康と云ふ奴と結びつくと甚だつまらない。

今日は鰻が食ひたいな、と思つて鰻屋に行くときが愉しいので、それは健康法とは関係がない。それは家庭にあつても同じことである。

一度、友人にすすめられて昆布の汁を飲んだことがある。友人は大きな袋に、根昆布と云つて昆布の根つこの太いとこが一杯入つてゐるのを呉れた。

その根つこを二つか三つ、前の晩に湯呑み一杯の水に入れておく。朝になると、その根つこが湯呑一杯にふくれ上つてゐて、水が粘り気のある液体になつてゐる。それを箸でかきまはして飲むのである。たいへん素朴だが、しかし、充実した味がして悪くない。

友人はそれをもう何年も飲んでゐると云つた。そのおかげで病気らしい病気をしたことがないと云ふ。

その袋一杯の根昆布がなくなるまで、毎朝それを飲んでゐたが、なくなつたらやめてしまつた。友人はそれを売つてゐるところまでちやんと教へてくれたのだから、もし、健康法に気を使つてゐたら、そこに買ひに行けばいいのである。

それが億劫なのは、健康法について落第生の証拠である。もし、多少とも健康について考へて実行してゐることがあるとすれば、朝、寝起きに煙草を喫まぬことである。つまり、朝食をとるまで、あるいは胃に何か入れるまでは煙草は喫まない。

これはある先輩から聞いて、爾来、実行してゐる。いいか悪いか知らぬが、喫まぬことにしたら胃に何か入るまでは喫みたくないのである。

朝食は、起きてから一時間ぐらゐ経つてから摂る。狭い庭に出て植物を見てゐると、大抵一時間ほど経つてしまふ。トオストに紅茶とか果汁、ハムエッグと生野菜と云ふやうな奴なら朝食にふさはしからうが、あいにく、僕の朝食は品がない。

朝から焼肉を食ふのである。前に云つたが、病気で臥てゐるときやたらに肉を食つたが、それが習慣になつて毎朝肉を食ふやうになつた。それも豚は飽きてしまふから続かない。牛肉だと飽きない。

――朝から肉をねえ……。

と呆れる人は朝食はトオストと牛乳とか、珈琲一杯とか、簡単にすましてゐるらしく、とてもそんな食欲はないと云ふ。殊に夏でもさうだと云ふと余計呆れるが、当方は別に不思議なことをしてゐるつもりはないので、当然のこととして心得てゐる。

朝食と云つても、家にゐる日は朝昼兼用で大抵十一時半から十二時ごろになるが、その日によつて献立は違つても焼肉は欠かしたことがない。これがもう十数年続いてゐる。食はないのは旅行に出たときぐらゐだが、旅先でビフテキが食ひたくなるのはその埋合せかもしれない。神戸で厚さ五センチばかりのひれ焼肉を喰つたときはたいへん旨かつたが、毎朝そんな奴を食はうと欲張つてゐる訳ではない。

しかし、これも云はゆるスタミナとか健康法とは縁のないことで、少なくとも僕自身は一向にそんなことは考へてゐないので、朝食に味噌汁がないといかん、と云ふことと同じ理屈に過ぎないのである。

歌ふ運転手

二、三年前、夜更けに酔つてタクシイに乗つたら、中年の運転手が、
――旦那は陽気なのがお好きでせう？

と云つた。何の話かよく判らないから、きき返すと運転手は独り合点した。

――わかつてます。飲んで陽気にならなけりやつまりませんからね。

別に異議をとなへる必要もないから黙つてゐると、

――それで小唄の方ですか？

と来たから面喰つた。

――小唄なんて知らないね。

――ははあ、それぢや都々逸の方でせう？　あれもいいもんですね。

それから口三味線など始めたから、そんなものには一切縁がないのだと教へてやつた。浮かれて、事故でも起こされたらたいへん迷惑する。黙つて運転してもらひたいと思ふ。

――成程、判りましたよ、それぢや、歌謡曲の方でせう？　いやあ、昔の唄はいいもんで

すね。

さう云つたと思つたら途端に、大きな声で「俺は河原の枯れすすき……」と歌ひ出したのには吃驚した。昔の唄を悪いとは思はない。現に若い友人のMの歌ふ「枯れすすき」には大いに感心してゐる。しかし、何事にも時と場合と云ふものがある。

——おいおい、気をつけてくれよ。

何だか車も一緒になつて浮かれ出すやうな気がして注意すると、運転手は大声で歌ひながら首を横に振つた。心配無用と云ふつもりらしい。Mの唄を聞くとしんみりするが、この運転手の唄を聞くと、落ちつかぬ気がしていけない。歌ひ終ると、

——今度は何をやりませうか？

——もういい。

——ご遠慮なく。東京行進曲といきますか。

どう云ふつもりか知らないが、わが家のそばに来るまで五、六曲歌つた。へえ、ご退屈さま、云はれて車を降りると、桜の花が満開で何とも春らしい気分がするのである。

素朴の趣き

あそびと云ふのは本来無駄なものではないかと思ふ。だから、遊びを愛することは、無駄を愛すことだと思ふ。例へば、あるとき画が観たくなつて、美術館に出かけて行つて画を観る。いい画を観ていい気分になつて、ひつそりした館内のベンチに坐つて、ぼんやり画のことを考へる。これも遊びと云つて差支へなからうが、画なんか観るのは無駄なことだ、その暇に仕事しろ、と云ふ人があれば、それも一理ある。ただ、さう云ふ人は、無駄の有難味を知らない人である。遊びは無駄なものだから、それにいろいろ理屈をつけるのは面白くない。画を観るのに、教養を高めるためにと云つたらたいへんつまらない。

ある友人の話だが、熊谷守一画伯を訪ねて話してゐたら熊谷氏が、庭にムシロを敷いて寝転ぶと、とてもいい気持がする、犬がよく地面に寝転んでゐるが、こんないいことをやつてゐるのかと思つた、と云つたと云ふ話を聞いて、をかしくてならなかつた。僕からすると、最も素朴で最も趣きのあるあそびに思はれる。

本屋の話

何年も前のことだが、ある大きな本屋——仮にQとしておく——から送つて来た文学関係の洋書のカタログの新着と云ふところに、欲しい本が三冊ばかりあつた。前にも電話で注文したことがあるから、このときも早速電話をかけた。先方で男の声がして、僕がカタログを見ながら、番号と著者名と本の名前を告げると、先方もそれを繰返した。僕がうつかり一冊の本の著者名を云ひ落したら、先方で、……ですね？　と念を押した。ところがその発音が間違つてゐる。念のため、さうではない、……だと云ふと先方は簡単に判りましたと云つた。

まだ学生のころ、神田の本屋でエヴリマンズ・ライブラリイに入つてゐるホウトン卿のキイツ伝を買つたことがある。これをくれ、と店の若い男に渡すと、その店員は手にとつて、

——カアツですね。

と云つた。傍にゐた友人がくすりと笑つた。どう云ふ量見でカアツなんて云つたのか判らない。電話をかけながら、そんな昔のことを想ひ出した。

何日か経つて、Qから刷物の葉書が来た。次の本の注文を頂いたから入荷次第お届けする

とあつて、タイプで本の名前が打つてある。それを見て呆気にとられた。法律関係の本の名前が三つ並んでゐるのである。どうしてそんなことになつたのか判らぬが、宛名は僕だから、もう一度電話をかけた。こんどは若い女の声がした。かくかくしかじかだと経緯を説明すると、もの判りの悪い女で、

——では、そちらで間違つて注文なさつたんですね？

と云ふから心外であつた。冗談云つちやいけないよ、間違つたのはお前さんの方だ、ともう一度説明すると、漸く納得したらしい声で、判りました、それでは調べて訂正します、と云つた。申訳ありません、なんて一言も云はぬ。Qも変つたものだと思ふ。

訂正したら新着の本だから、あればすぐ届けてくれる筈である。ところが一向に届かない。うんともすんとも云つて来ない。欲しい本だが早急に要るものでもない。それにわざわざQに行くのも癪な気がしてゐる裡に、いつのまにか忘れてしまつた。

半年以上経つて、ある日学校に行くと図書係の人が、

——Qから本が届いてゐます。

と云ふ。忘れてゐて、最初は何のことか判らなかつたが伝票を見て啞然とした。法律の本が三冊、ちやんと届いてゐるのである。妙な世の中になつたものだと思ふ。

散歩

胃の具合が悪いと云ふ若い友人に、犬を飼ひなさい、とすすめたら変な顔をした。

——犬をですか？

——うん、犬を飼ふと散歩させなくちやいけない。その犬を君が連れて歩くと君も散歩するから運動になる。大体、君の胃病は運動不足だよ。

友人は、妙な三段論法ですね、と云つてゐたがその後会つたら散歩を始めて具合がいいさうである。尤も、犬はまだ飼はぬらしい。しかし、犬はどうでもいいので、友人の家の近くに車も滅多に通らぬ、のんびり歩ける路があると聞いて大いに感心した。

人にすすめておいて云ふのも変だが、僕は散歩しない。附近に散歩したい路がないからで、別に歩きたくもない路を日課と称して散歩する趣味は持ち合はせてゐない。しかし、近所に好きな路があつて散歩出来たら、それはいいだらうと思ふ。気に入つた場所があつて、ぶらりと出かけて行けたら悪くない。堀辰雄の「十月」と云ふ文章を見ると、二週間ばかり奈良に逗留したときのことを書いてゐる。気の向いたときに、気の向いた場所に行つて、仏像を見たり、寝転んだり、本を読んだりする。昔読んだときは何でもなかつたが、読み直してちよつと羨ましかつた。のんびりした路とか場所が次第になくなつて、まはりがひどく窮屈で喧しくなつたためだらう。

三、四年前友人と奈良に旅行したとき、久し振りに法華寺に行つた。前に二度ばかり行つたことがあるが、ここはいつも森閑としてゐる。このときも午前の陽差しのなかにひつそり眠つてゐる感じで人影もなかつた。奥の方の住居になつてゐるところへ行つて、何遍も声をかけたら、やつとくりくり坊主の尼さんが出て来て本堂の戸を開けてくれた。「十月」を読んだらこのときのことを想ひ出して、あんなのんびりしたところが近所にあつたらいいのだがと思つたが、さうは問屋が下さない。と云つて引越して行く訳にも行かぬ。

先日、知人を訪ねて静かな裏通りを歩いてゐた。小雨の降る日で、生垣が続く上に夾竹桃の花が咲いてゐたりして、何となくのんびりした気分になつてゐたら、背後から来た車に危くはねられさうになつた。車はどんどん細い裏通りに入つて来るが、これを止めないから、車の道は増えるばかりで人間の路はなくなる一方である。排気ガスで木犀が咲かなくなつた、とか云つてゐられる裡はいいが、その裡どうなることかと思ふ。知らない町に行つて築地の路を歩いたり、草にかくれた田舎径を歩いたりするのはいいことだ。頬杖ついてそんなことを考へるが、気持は一向に片端かない。

窓から

勤め先の学校の七階に僕の部屋があつて、ときどき窓から外を見る。この建物が出来て移つて来たのは六、七年前だが、そのころ大きな建物と云へば、正面右手の三、四百米先にある国立病院の煤けた古い建物しか見当らなかつた。そこだけ視界が妨ぎられて、しかし、他に高い建物がないから遠くの方まで凹凸の多い屋根を連ねた町が見えた。青、赤、緑、灰色と色さまざまの瓦が続いてゐて、烟突も何本か立つてゐた。

病院のある台地は、東京で一番高い場所ださうだが、成程、土地は右から左へとゆるやかな傾斜をつくつてゐて、左手の町は谷間のやうに見える。あちこちに樹立があつて、自転車の男が眼に入つたりすると、あんなところに路があつたのか、と改めて気づいたりする。大きな包みを抱へた女が通つたりして、僅かばかり覗いてゐる路を見てゐると、ちよつと面白かつた。

いつだつたか、ある雨あがりの午後、窓から外を見てゐたら、不意に時計台の鐘が鳴つた。夕暮近いころで、空気が湿つてゐたためかもしれない。鐘の音が大きく聞えた。町には淡い靄がかかつてゐて、何だか妙にしつとり落ついて見える。

そのせゐかどうか、昔読んだ——鐘のおとに胸ふたぎ……と云ふ詩の文句を想ひ出したりした。想ひ出したからどうと云ふことはないが、何となく悪くない気分であつた。

先日、七階の部屋に知人が久し振りに訪ねて来て、窓から外を見ると、

——ずゐぶん、ビルが建ちましたね。前に来たときは確かこんなにはなかつた……。

と云つた。云はれて気がついたと云ふと迂闊だが、事実大きな建物が幾つも出来てゐる。この数年間、大きなビルの建つのを見て来た訳だが、いつも見てゐる人間と同じことで、その変り方にあまり気を留めなかつた。窓からの眺望がこの六、七年間にすつかり変つたことは忘れてゐたのである。路も隠れてしまつた。遠くの東京タワアも見えなくなつた。現に、病院の傍には二十数階の高い建物が出来かかつてゐて、その向うに何があつたのか、もう想ひ出せない。

それから二人で茶を飲みながら、町の姿はどんどん変るので面喰ふことが多い、と話あつてゐると、窓のところに何かちらりと動くものがある。立つて行つてみると、雀が一羽慌しく飛び立つた。

——何ですか？

——雀です。

――へえ、何しに来たんだらう？　まさかこの部屋を覗きに来たんぢやないでせうね。
知人はさう云ふと面白さうに笑つた。

床屋の話

床屋へ行くのは億劫だが、髪の毛は勝手に伸びるから刈らない訳には行かない。仕方がないから出掛けて行くが、待たされるのは厭だから空いた頃を狙つて行く。ある日、床屋に行つたら、客は一人もゐない。それは結構だが、店の者も一人もゐないから吃驚した。五分ばかりしたら床屋の娘が外から入つて来て、あら、たいへん、と云ふと飛び出して行つた。まもなく、娘の亭主の若主人が慌てて駈け込んで来て、すみません、と謝つた。

――どうしたんだい？

と訊くと、近所に火事があつたので家中で見物に行つたと云ふから呆れた。暫くしたら親爺と細君が何喰はぬ顔をして入つて来て、

――いらつしやいまし……。

とにこにこした。火事はもう消えたのかい？　と訊かうと思つたがやめて置いた。

あるとき、仰向けにされてうとうとしてゐたら、若主人が耳の掃除を始めた。何故そんなことを始めたのか判らない。終つてから掌を出すから見ると、掻き出した奴が一杯載つてゐ

る。ずゐぶんあつたね、と感心したら、こんなに一杯溜つてゐるのは生れて始めて見たと変なことを云つた。耳掻きは本来禁止されてゐるのだが、見るに見かねてやつたのだと云ふ。余計なお世話だと思ふが、掌の上の山を見るとどう挨拶していいか判らない。

バスで床屋の前を通つたら「忌中」の紙が貼つてあつた。その次行つたとき、誰が死んだのかと訊くと、親爺の母親が死んだと云ふ返事であつた。それを聞いたら、人の好ささうな腰の曲つた婆さんがときどき店のなかを掃いたりしてゐたのを想ひ出した。年に不足はないのだが、婆さんが死んでその後がたいへんだつたと云ふ。葬式の用意とか何かでたいへんだつたのだらうと思つたら、さうではないらしい。親戚の者とか近所の商人とか沢山やつて来たが、悔みを云ふ者は一人もゐない。みんなこんな芽出度いことはないと云つて矢鱈に酒を飲む。二晩続けて酒盛りをやつた。

——二晩やつたのかい……。

——葬式の晩も飲みましたから、三晩続いたんで……、ほんとに草臥れました。

と若主人は云つた。三晩続けて大酒を飲んで、芽出度い、芽出度いを連発したのださうである。挙句の果は、あつちこつちで喧嘩が始つて、殴り合ひをする者もゐる。それが朝の四時まで続いたと云ふ。坊さんも大酒を飲んで引繰り返つてしまつて、経も読まず戒名も書かなかつたと云つて、若主人は苦笑した。話を聞くと、鼻の頭の赤い床屋の親爺に一半の責任はあるらしい。
店を出たら往来で立話をしてゐた親爺が此方を見て、毎度どうも、とにこにこ笑つた。

「さ」について

一時、会話の言葉の終りに矢鱈に「さ」をつけることが流行した。それでさ、行つたらさ、……してさ、そんだからさ等等、多くは「さあ」と聞える。この「さ」を聞くと何だかむづむづして仕方がない。若い女や子供ならまだいいが、大の男が「さ」を使ふのを聞くと当人の人格を疑ひたくなつた。一体、どこから、どう云ふ訳で流行し始めたのか知らないが、多分どこかの田舎から流れ込んで来たのだらうと思ふ。

何年か前、学生が五、六人押掛けて来て一緒に酒を飲んでゐたら、その二、三人が仲間同志話すとき無暗にこの「さ」を連発する。その裡の一人は剣道三段だが、「さ」を聞くとへなちよこ剣士としか思へない。

——その「さ」はやめた方がいいな。

と注意したら、はあ？　と怪訝な顔をしてゐる。君たちはどう云ふつもりか知らないが、「さ」は耳障りで気に喰はない。女がヒステリイを起して「お前さん、どこに行つてたのさ」とか「何さ」と口走る分には差支へない。お伽噺が「目出度く暮しましたとさ」と終るのも悪くない。しかし、男が日常会話に「さ」をくつつけて喋るのを聞くと面白くない。さう云つたら連中は、はい、判りました、と云つて、それから「さ」は使はなくなつたやうである。何となく使ひ出したが、これまで誰もそんなことは注意してくれなかつたから悪い言葉とは思はなかつた、注意して下さつて有難く思ふと頭を下げたから此方も些か恐縮した。

もう少し「さ」に拘泥すると、「さ」をつけた名詞にも無心ではゐられない。形容詞の語幹に「さ」をつけて名詞をつくる。この場合口語の、美しい、高い、やるせない等、語尾が「い」で終る形容詞はこの「い」を「さ」に変へても気にならない。美しさ、高さ、やるせなさ等抵抗はない。しかし、立派さ、横柄さ、幽雅さ、の如き言葉が出て来ると甚だ眼障りで抵抗を覚える。これらの言葉は形容詞にすると、立派な、幽雅な、と「な」がつくが、この「な」を「さ」に変へて名詞にすると気持が片附かない。文法のことは知らないが、幽雅、立派と云ふ名詞に「さ」がついたやうで重苦しくて煩はしい。これは上出来でない飜訳に、よく出て来るやうである。

いつだつたかテレビを観てゐたら、アナウンサアが「シヤアプさ」と云ふ言葉を用ゐたから吃驚した。多分、鋭さ、と云ふ意味だと思ふが、そんな言葉を使ふ神経は鈍感としか思へない。仮にそれが新しい日本語で、それなりにある感じを出してゐると云ふのなら、当方はそんな日本語には只管《ひたすら》無縁でありたいと思ふ。

間違電話

間違電話が掛つて来たら、愛想好くその旨を伝へて電話を切るものだとか書いてあるのを読んだことがある。別に愛想好くする必要は無い。普通に応待すれば宜しいと思ふが、朝眠つてゐる所を間違電話で起されたりすると面白く無い。応待も無愛想になつて、外から帰つて来た家の者に、何故朝つぱらから買物に行つたのかと当り散らす。

尤も、間違電話を掛けたことも何度かあるから大きな顔は出来ない。或るとき、勤務先の学校から或る本屋に電話を掛けた。繋がつたから早速用件を切出したら、何だか年増女らしい色気のある声が、

——あら、厭ですわ、先生。こちらは何某でございますよ。どうぞ御贔屓に……。

と云つて、ほほほ、と笑つたから面喰つた。何某と云ふのは、どこかの料亭か待合だつたかもしれない。何だか声の主を拝見したい気分になつたが、間違電話につられてのこのこ出掛けてはみつともない。

一度、友人三、四人と新宿で酒を飲んでゐると、阿佐ケ谷の酒場へ行かうと云ふ話になつ

た。一人がその店の燐寸を持つてゐたので、これからみんなで行くと電話を掛けることにした。その男が立つて行つて電話を掛けたが、戻つて来て、違ふ家が出ると云ふ。そんな筈は無い、それぢや俺が掛けて来る、と別の友人が立つて行つたが、これもどうも変だと戻つて来た。お前達は酔つてゐるから駄目だ、ともう一人立つて行つたが、これも首をひねつて帰つて来て、相手はどうも大分怒つてゐるやうだと云ふ。何だか変な話だから、ぢや俺が掛けてみる、と燐寸に刷込んである番号を廻したら繋がつた。サルビヤかい？　と酒場の名前を云つたら、途端に甲高い女性の声で、

——あんた方は、何の恨みがあるんですか？　夜分、入れ替り立ち替り失礼ぢやありませんか。悪戯も好い加減にして頂戴。

とやられて吃驚した。后で酒場へ行つたら、燐寸の番号が違つてゐたと判つたが、かう云ふ間違は宜しくない。酒場に大いに責任があるが、何度も同じ相手を間違つて呼出したわれわれも利口では無い。先方とすれば無暗に腹が立つたらうと考へて恐縮したが、先程は失礼しました、と改めて詫電話なんか掛けたら、どう云ふことになるか判らない。

学生のころ、友人数人と一緒に或る友人の家へ遊びに行くことにした。待合せた場所にみんな集つたので、友人の家に電話を掛けた。

——みんな勢揃ひしたからね、これから押掛けるぜ。

と云つたら先方が、
――何です？　何事ですか？　こちらは牛込警察ですが……。
と云つたので吃驚仰天して電話を切つた。

居睡

教室で居睡をする学生がゐる。何だか心地良ささうに、こつくりこつくりやつてゐるのを見ると、つられて此方も睡くなる。なかにはテクストを立てて、その蔭に隠れたつもりで机に頭を載せて眠つてゐるのもある。当人は隠れたつもりらしいが、教壇の上から見ると居睡してゐるのが良く判る。一遍教壇の上に坐らせてみたい。一体、何故居睡をしてゐるのかしらん？　その原因をあれこれ考へ始めると、肝腎のテクストの方が疎かになつて不可ない。

一度、大きな鼾をかいた学生がゐた。これは耳障りで、授業の妨げになるから困る。話を中止してその居睡学生の方を見てゐたら、突然ぱつちり眼を開いて、きよとんとした顔をして辺りを見廻したから可笑しかつた。教室中大笑になつたが、どうやら居睡学生には先生の声が子守唄に聞えるのではないかと思ふ。だから声が止むと、自然に眼が醒める仕掛になつてゐるらしい。

以前、夜の授業を持つてゐた頃のことだが、或るとき夕食を食ひに学校の食堂に行つたら、授業の済んだ同僚が坐つてビイルを飲んでゐた。何だか羨しいが、此方はまだ夜の授業があ

るからビイルを注文するのは見合せよう。さう思つてゐたら、その同僚が、

——まあ、一杯如何です?

と云つて、わざわざ給仕の女の子にコップを持つて来させてビイルを注いで呉れた。折角の好意だからコップのビイルを一息に飲み干したら、初夏の頃だつたせゐかどうか忘れたが格別美味かつた。思はず、ああ美味い、と云ふと先方は、もう一杯如何ですとすすめる。順序としてはさう云ふことになるから、断る筋合は無いやうに思はれる。それにビイルを一、二杯飲んだからと云つて、別に差障りがある訳でも無い。もう一杯飲んだら、同僚は少しアルコオルが入つた方が教室で口が滑かに動いて話が上手く出来るやうですとか妙なことを云つてゐる。或は経験があるのかもしれない。それから、もう一杯飲んだのか、もつと飲んだのか忘れたが、気が附いたら授業の始る時間になつたので同僚に別れて教室へ行つた。

教壇の机の前に坐つて、平常通り授業を始めた。最初の裡は何でも無かつたが、その裡にうつらうつら睡くなつて来たから不思議である。同僚は少しアルコオルが入ると口が滑かに動くと云つたが、何だか億劫な気がして余り口を利きたくない。学生に訳読させてゐると、その声が子守唄のやうに聞えるから不可ない。気が附いたら、いつの間にか訳読は終つてゐて学生達がくすくす笑つてゐるのである。途端に睡気は醒めてしまつたが、面目丸潰れで何とも恰好が附かない。

坂の途中の店

夜更にタクシイに乗つて青梅街道を帰つて来ると、暗く睡つた家並のなかにぽつんと灯の点つた居酒屋の提灯が眼に入る。いまごろ、どんな人間があの店に坐つてゐるのかしらん？　そんなことを考へる気分は悪くない。或は暗い往来に明るい酒場の灯が見えると、何だかそのなかは陽気で、いいことが待つてゐるやうに思はれるから不思議である。入つて見たい気もするが、そんなことをしてゐたら、いつ家に帰れるか判らない。

あるとき、暗い通にある一軒の店が気になつて入つたことがある。坂道の途中にある店で、大きな神社に面してゐるせゐか、夜更でもないのにその辺だけ暗い。タクシイに乗つて、樹立の多い神社を右に見て坂道を上つて来たら、左手の角に一軒ぽつかり明るい店があつて「うなぎ」と書いた看板が出てゐた。何となくその店が気に入つて、

――何だか寄つてみたくなる店だね……。

と云ふと、同行の若い友人も、

――さうですね、今後ひとつ寄つてみませうか……。

とその店を振返つてゐた。

それからどのくらゐ経つたころだつたか忘れたが、その友人とまたその坂道を通り掛つたことがあつて、車を降りてその店に入つた。

なかに入つたら、土間に卓子と椅子が並べてあつて、何の変哲も無い普通の店である。大きな階段があつて、上の方で莫迦に賑かな話声がする。女の声も聞える。二階に座敷があるらしいな、と友人と話してゐると、肥つた女中が来て、

――お座敷の方へ如何ですか？

と云ふ。

――いや、茲でいい。

さう云つたら、女中は余り上等の客とは思はないらしい顔をした。女中が奥へ引込んだら、奥で話声がして、板前らしい中年男が硝子戸越しに店の方を覗いて見たやうである。女中が板前に何か云つたのかもしれない。

酒を持つて来た女中が、お客さんは始めてでせう？　と訊くから、さうだと答へると、

――どうして、この店を御存知なんですか？

と訊く。御存知も何も無い、タクシイに乗つて通り掛つたら、暗い所に一軒ぽつんと明るい店があるから寄つてみただけだと説明すると、女中は判つたやうな判らないやうな顔をし

て、それでも、これからどうぞ御贔屓にと云つて引込んだ。或は板前にその通り報告したかもしれない。

土間の椅子に坐つて酒を何本か飲んで、鰻を食つてその店を出たが、出るときはもう寄つてみたくなる店だとは思はなくなつてゐた。

ラヂオ

いつだつたか若い連中が訪ねて来て、夕方になつたから酒を飲み出したら、その裡の一人が腕時計を覗いて、

——相撲はどうなつたかな？

とか云つてゐる。何場所だつたか忘れたが、ちやうど大相撲をやつてゐたときである。隣の部屋にはテレビがあるが、酒を飲み出したのに、立つてわざわざ観に行くのは面倒臭い。しかし、どうなつたかな？と云ふのを聞いたら、何だか此方も多少勝負が気になり始めた。

昔、小型のラヂオを買つて、いまでも持つてゐる。長い退屈な会議のときに、こつそり野球を聴くつもりで買つたのである。だから、ポケットに入るぐらゐ小さい。これを想ひ出したから家の者に持つて来させて、これは骨董的価値があるのだと勿体を附けてから、いま聞かせてやるよ、とスヰッチを入れたが、があがあ、変な音がして肝腎の放送は全然聞えないのである。若い連中はにやにやして、壊れてゐるんぢやないんですかと云ふ者もあつて、大いに面目を失墜した。

——テレビの方がいいんぢやないですか。

と若い連中が云ひ出して、仕方が無い、ラヂオ片手にみんなと隣の部屋へ行つた。テレビのスヰツチをひねつたら、途端にラヂオの放送が始つて、これには吃驚した。どうしてそんなことになつたのか判らないが、古いラヂオがテレビに負けまいとしたのかしらん？

ラヂオで想ひ出すことがある。

昔、或る教室で学生にテクストを訳読させてゐると、突然、変な音がしてラヂオ放送が始つたから吃驚した。放送は始つたと思つたら途端に消えてしまつたが、教室のなかは大笑ひになつて授業どころではない。学生達の振向く方を見ると、一人の学生が頭を搔きながら小さくなつてゐる。ちやうどプロ野球の日本シリイズをやつてゐるときで、巨人の相手は西鉄だつたと思ふがよく憶えてゐない。耳にイヤホンを入れて夢中になつて聴いてゐる裡に、何かの弾みで差込んだ箇所が外れて、教室に予期せぬ雑音を流す結果になつたらしい。恐らく当人は吃驚仰天してラヂオを消したのだらう。何だかその音は無理に、ぎゆう、と押し込められたやうに聞えたと思ふ。

何しろ、当方も会議のときにラヂオの野球放送をイヤホンで聴いた経緯があるから、大きな顔は出来ない。

——一人で聴くことはないだらう。

ちよいとやつて御覧、と云ふとその学生は頭を掻きながらラヂオのスキツチを入れた。それを五分ばかり聴いたが、教場で学生と向き合つてラヂオで野球放送を聴いても一向に気分が出ない。もういいよ、と云つて終にした。

巨人

十八世紀の初め頃、フランスの或る学者が、人類の身長が退化したことを示す本を出版したさうである。その本に依ると、人類の先祖のアダムは身長百二十三呎《フイイト》九吋《インチ》あつて、イヴは百十八呎九吋あつたと云ふ。ガリヴア旅行記に出て来る巨人国の人間も巨きいが、それよりまだ巨きい。一体、どこから割出すとそんな数字が出て来るのか見当が附かないが、何だか莫迦莫迦しくて面白い。神様も随分巨きな人間を創つたものだと思ふ。

ところがそんなに巨きかつた人間も、急速に小さくなつて行つたと云ふから不思議である。ノアになるとたつたの二十七呎で、アブラハムはせいぜい二十呎、モオゼとなると身長十三呎に過ぎない。それからアレクサンダア大王は六呎も無かつたし、ジユリアス・シイザアはやつと五呎だつたさうである。この調子で行くと人類はみんな何れ蚤ぐらゐになる筈だが、さうなりさうな気配が無いのはどう云ふ訳か判らない。

十七世紀の頃の話ださうだが、オオストリの妃の気紛れから、国中の巨人と侏儒をウキンに集めたことがあるらしい。その連中は一つの建物のなかに一緒に住むことになつてゐたから、侏儒が大男を怖がつたりしないやうに係の者は気を使つたらしい。ところが、実際に生活してみると、威張つてゐるのは侏儒の方で、大男を揶揄《からか》つたり莫迦にしたり、なかには大男の持物を奪ひ取つたりする者もゐて、大男は涙を流して助けを求めたさうである。仕方が無いから、大男達を侏儒から護るために番兵を立てることにしたと云ふが、この話を読んで何となく昔の出羽獄《ではがたけ》を想ひ出した。

出羽獄は一時関脇迄行つたが、身体を悪くして段段下に落ちたと思ふ。両国の国技館の頃だが、巨きな出羽獄は弱くなつても人気者で、自分の半分も無いくらゐの小さな力士に押されてよたよたと土俵を割ると、見物人は大笑ひした。玉錦、武蔵山、清水川、幡瀬川等がゐた頃である。この裡、玉錦は余り好きでなかつたが、後の三人は大いに気に入つてゐた。「文ちやん」の出羽獄は一度だけ土俵外で見たことがある。中学生の頃だつたと思ふが大森にゐる友人の家に遊びに行かうと品川から京浜電車に乗つた。発車するのを待つてゐたら、出羽獄が乗つて来た。土俵で見ても巨きいが、近くで見るともつと巨きい。天井につかへさうな大男で、もぢりを着て釣の道具を持つてゐた。出羽獄は釣が好きだつたのである。乗客が珍しがつて、出羽獄だよ、と云ふのが聞えたのだらう。何だか困つたやうな顔をして、背中を丸めて窓から外ばかり見てゐた。

珈琲

酒場にはよく行くが、喫茶店にはとんと縁が無い。だから外出先で珈琲を飲むことも殆ど無い。大分前に、巴里帰りの友人から珈琲挽きを土産に貰つた。蚤の市で買つたとかで、大分古ぼけてゐた。貰つた当座は面白いから、豆を挽いて、サイフオンで珈琲を淹れて飲んだが、サイフオンで淹れた奴は余り旨くない。尤も、美味いとか不味いとか云へる程、珈琲に就いて知つてゐる訳では無いが、何となくそんな気がする。のみならず、手間が掛つて面倒臭ひから、その裡に止めてしまつて、珈琲挽きは食堂の棚の飾り物になつた。

半年ばかり前だと思ふが、或る日、家の者が珈琲沸しを買つて来た。宣伝期間中とかで、安売りしてゐたから買つたと云ふ。

とにかく、廉売なんて云ふと前後の見境無く飛びつくからしかたない、と文句を云ひながら試みに豆を挽いて珈琲を淹れてみたら、なかなか具合がいいのである。

何しろ電気仕掛けになつてゐるから、アルコオルランプも要らない。一方の容器に水を入れ、一方に挽いた珈琲の入つたフイルタアを置いて、スヰツチを入れると一分と経たない裡に熱湯が出て来て、フイルタアに滴り落ちる。それが濾過紙を通つて下のポットに溜る。これはサイフオンで淹れた奴よりはるかにいい。

それからは何だか手頃な玩具が手に入つたやうな気がして、毎日珈琲を沸して喫むやうになつた。扱ひ方が簡単だし、スヰツチをひねると忽ち湯が出て来るのが面白いから、午後になるとこの玩具に手を出す。莫迦でも写るカメラと云ふ奴があるが、この珈琲沸しもそれに似てゐて、間違ひ無く珈琲らしい珈琲が出来る。珈琲通でも何でもないから、目下この珈琲沸しで遊んでゐて一向に不満は無い。

灰皿

昔、森下町の馬肉屋に行つたことがある。友人二、三人と、それに女性が二人ばかりゐたやうに思ふが、どんな女性だつたかははつきり憶えてゐない所を見ると、友人の誰かが連れて来たのだらう。広い店で、上るときは大きな下足札を呉れた。広い所に卓子が何列にも長く並べてあつて、われわれはその長い卓子の真中辺に坐つて、馬肉鍋を突つき酒を飲んだ。何しろ昼間だつたから、長い卓子には他に客が一人もゐない。

入口に近い方には小さな衝立で仕切つた所があつて、そこには一人先客がゐた。頭に畳んだ手拭を載せた爺さんで、鍋を前に独り酒を傾けてゐて、なかなかよかつた。志ん生みたいな爺さんだな、と誰かが云つたが、多分銭湯の帰りにでも寄つたのだらう。

そのとき食つた馬肉が旨かつたかどうか、一向に記憶に無い。確か馬の他に豚も注文して一緒に煮て食つたやうな気もするから、どんな味がしたものやら判らない。

その卓子の上には灰皿が置いてあつた。何の木か知らないが、長方形の木を刳り貫いて、そこに銅が嵌め込んである。至極素朴な奴で悪くなかつた。知つてゐる店なら黙つて頂戴しても構はないが、知らない店ではさうも行かない。

帰るとき、店の女中にあの灰皿を呉れないかと訊くと、駄目です、と断られた。断られては仕方が無い。表へ出て、ぶらぶら通を歩いてゐると背后で、

――お客さん……。

と呼ぶ声がする。振返つたら、先刻の女中が走つて来て、主人に訊いたらいいと云つたから、と灰皿を差出したから頗る嬉しかつた。生憎細かい金が無かつたから、友人の一人に二百円借りてその女中に渡さうとしたが、なかなか受取らない。やつと受取つて貰つて好い気分で歩き出したら、みんな、いい女中だ、と讃める。灰皿を讃めた者は一人もゐなかつた。そのとき新大橋の上迄来たら、正面に大きな美しい夕陽が沈みかけてゐて、暫く立停つて眺めたのを憶えてゐる。

肝腎の灰皿は、持つて帰つて用ゐたかどうか忘れてしまつた。探せばどこかにあるのかもしれないが、どこへ行つたのか判らない。こんな品物は店に置いてあると、何となく此方の所有慾をそそるが、自宅に持つて帰ると何だかつまらない、そんなことが多い。

或るとき、知人にこの灰皿の話をして、そんな感想を述べたら、知人がにやにやした。

――それは灰皿のことですか？

――さうです。

――僕はまた女かと思つた。

から云ふ話の判らない人間と口を利くと、草臥れて不可ない。

名前

名前はなかなか憶えられない。昔、四、五十人の学生の級を五つ六つ教へたことがあつたが、学生の名前は殆ど憶えられなかつた。先方がちよいちよい家に遊びに来たとか、特別の事情があつたとか云ふ場合は例外だが、さうでなければ全部の名前を憶えられる筈が無い。尤も、出席簿を見ると珍しい姓名があるから二、三質問して、その名前が記憶のどこかに引掛ると云ふこともある。

昔、用事があつて大阪に行つて、朝の九時頃梅田駅の附近を歩いてゐたら、

——先生……。

と声を掛けられた。若い会社員風の男が、何だか懐しさうな顔をして立つてゐる。その顔を見たら、途端にその男の名前が甦つて、此方も懐しい気がした。その数年前に教へた学生で、珍しい姓だから教室で訊いたことがあつて、それで憶えてゐたのである。君は何とか君だらう、と云つたら先方は嬉しさうな顔をしたが、いまその姓を想ひ出さうとしたら、さつぱり出て来ないのは情無い。

これも昔だが、出版社にゐる知合に珍しい姓の男がゐて、或る教室に行つて出席簿を見ると、その知人と同じ姓の学生がゐた。若しやと思つて、

——君は某社の某君と何か……。

と訊くと、その知人の甥だか何かと判つて面白かつた。かう云ふ場合は、忘れようと思つても忘れないから、いまでもちやんと憶えてゐるが、今度は顔の方を忘れてしまつてゐる。

出席簿には漢字で姓名が書込んであつたものだが、いつ変つたのか一時片仮名になつたことがある。手間が省けるから、機械で簡単に処理するやうになつたのだと思ふ。漢字の名前だとそこにちやんと個性が感じられるが、印刷された片仮名の名前の羅列を見ると、単なる符号としか思はれなくて味気無い。同じイトウと云つても、伊藤だか伊東だか判らない。同じイトウ・ヒロブミだからと、伊東広文と書いたら伊藤博文は苦苦しい顔をするかもしれない。

先年ミユンヘンに行つたときは、友人が宿を予約して置いて呉れたから無事ホテルに一泊したが、このホテルの名前が「パリ」と云ふのだから、これには吃驚した。余り上等なホテルとも思へなかつたのに英国なんかより高かつたのは、名義料も入つてゐるのではないかしらん？　と冗談を云つたりしたが、かう云ふ名前は忘れない。それから、巴里で泊つたホテルは、「フランス」と云ふのである。安宿の癖に、これも気張つた名前を附けたものだと些か呆れた。旅館「日本」なんてあつたら、泊る気がしなくなるのではないかしらん？

Ⅳ

見合ひと温泉

去年の三月初旬、甲州のS温泉に行つた。しかし、わざわざS温泉めあてに出掛けたわけではない。僕の友人のY君が、K市のさる女性と見合ひするのに随いて行つて、ついでに寄つたものである。大先輩のM先生と僕と当のY君と三人で出向いた。M先生は見合ひの世話役だし、行く行くは仲人もされる筈だつたから同行されても一向に不思議ぢやない。が、僕の立場は何だか曖昧模糊としてゐて僕自身よく判らなかつた。ともかく、Y君は是非一緒に行つてくれと頼む。そしてそれを断るとひどく恨まれて、その祟りからときどき腹痛でも起す結果になりさうな気配が多分にあつたから、同行を承知したのである。

K市の宿について、先方の女性の附添人格のKさんと打合はせして、極く気軽にやることになつた。その結果、僕がY君の見合ひに同席することに決まつた。見合ひの場所は宿に近い一軒のレストランであつた。

相手が待つてゐるレストランまで歩いて行く途中、Kさんが云つた。

——どうでせう？　三十分ばかり、私と貴方が一緒にゐて無駄話でもして、それからあとは二人きりにしようぢやないですか？

僕はむろん、異議なかつた。ところが、Y君が大いに狼狽した。

——そんな無茶な話はありません、と彼は悲壮な顔をした。ここまで来て私を一人ぼつちにするなんて……。そんな残酷なことをするんですか？

Kさんはちよいと吃驚したらしかつた。

——だつて、その方がお互いに腹蔵ない話が出来ていいぢやありませんか？　ねえ？

同意を求められて、僕もKさんの意見に賛意を表した。しかし、Y君は一向に僕らの折角の好意を有難がらうとしなかつた。有難がらうとしないどころか、何やら大変恨めしさうな顔をしてから繰返した。

——私を一人ぼつちにするんですか？　そんな残酷なことをするんですか？

——だつて、と僕は彼に注意した。先方の女性だつて一人になるんだぜ。見合ひするのは君で僕やKさんぢやないんだからね。

Y君は僕の注意なんて無視して、今度は低声で云つた。

——一生のお願ひですから、最後まで一緒にゐて下さい。

僕にはどうも見当がつかなかつた。一体、何だつて僕にゐてくれと云ふのだらう？　しかし、断ると一生Y君の恨みに祟られて腹痛ぐらゐではすまぬ危険が感じられたから、僕は止むを得ず承知した。その結果、僕は最後まで二人の男女の傍にくつついてゐなければならなかつた。Kさんは先に引あげてしまつた。Kさんのゐる間は、話をするのは専らKさんと僕ばかりで、Y君も相手の女性も只管《ひたすら》沈黙を守つてゐた。Kさんが引あげてしまふと、仕方がないから僕が口をきかねばならなかつた。K市の人口は何万あるか？　とか、貴女の趣味は何であるか？　とか……そして僕は大いに疲労した。

ところが、相手の女性と別れてしまふと、Y君は頓《とみ》に活気を呈して、K市はいいところですねとか、さつきの店は割に感じのいい店だつたとかお喋りを始めたので、僕は尠からず機嫌を損じた。僕は彼に注意した。さつき、何故そんな具合に話さなかつたのか？　と。

——どうも、とY君は至極上機嫌らしく笑つて云つた。どうも。

これでは張合ひのないこと夥しかつた。

その翌日、僕ら——M先生とY君と僕はS温泉に行つたのである。M線のS駅からバスに乗つて十分ぐらゐで着く。僕らは一番奥のG館に泊つた。バスで来る途中の山も冬枯れの景色だつたが、G館の部屋から見える正面の低い山も例外ではなかつた。が、山の中腹辺りは畑になつてゐて、青い色がまばらに見られたりした。M先生は前に何遍も来られたことがあつて、その宿も馴染であつた。僕らはM先生にすすめられて、下駄をつつかけて大きな浴場に行つた。大きな浴場——それはG館のものであるが、他の連中が這入つても一向に差支へないやうに別に出来てゐる。

ところで、その湯に這入つて僕は驚いた。ぬるいとは聞いてゐたけれど、それは僕の体温と殆ど変らなかつた。尤も、最初は多少温いやうな気もした。が、少し経つと、何だか妙に莫迦らしくなつて来た。じつとしてゐると温くなるとM先生は仰言つた。しかし、じつとしてゐると、何だか子供用のプウルに泳ぎもせずにじつとしやがみ込んでゐるやうな気がして来て、僕自身たいへん間抜け者のやうに思へてならなかつた。のみならず、寒くて仕方がなかつた。しかし、見ると爺さん婆さん連はいとも心地よささうに這入つてゐた。

——温くなつたかい?

僕はY君に訊ねた。するとY君も寒くてたまらないと云ふ。僕らは早早にあがることにした。僕らは二人とも、鳥肌が立つてゐた。僕らがG館に戻つて階段を上つて行くと、風呂番の爺さんがすれ交つて、お風呂の用意が出来てゐると云つた。内湯があるのを知らなかつたから、このときは風呂番の爺さんが何だか莫迦に有難い人間に思はれた。そこで温い湯に這入り、更に、ここの水は胃によろしいと聞いてゐたので洗面所でコツプに水を何杯も飲んだ。ところが、あとで内湯はただの水を沸かしたもので、僕が蛇口からコツプに受けた水もただの水にすぎぬことが判つた。

僕らは交互に将棋を指し、宿でお酒を飲んだ。夜になると森閑として、前の川の音が聞こえた。川の音は、硝子戸を開けると急に高くなり、閉めるとまた低くなつた。それから、M先生のお供をして通りへ出た。一軒看板に、ここが酒場だ、と書いた妙な店があつて、M先生の提案でそこに僕らは這入つてお酒を飲むことになつた。お喋りで活発な女性が四五人ゐて、四五人とも僕らのテエブルに集つて来ると勝手なことを云つてゲラゲラ笑つた。彼女らは、別に怪我人でも病人でもない僕らが、いまどき何故こんなところに来たか審《いぶか》るらしい口吻を示した。

——見合ひしに来たんだ。

と僕は説明した。が、勇ましい女性たちは一向に信用しなかつた。しかし、Y君も強調し、M先生もうなづかれるのを見ると漸く本気にしたらしかつた。その挙句、一人の一番勇敢さうなのが僕を見てから云つた。

——さう云へば、あんた、相当見合ひし慣れた様子だわね。

僕は大いに吃驚して、それが大変な誤解であることを判らせようとした。が、何にもならなかつた。

忘れ得ぬ人

去年の夏、知人に誘はれて宇都宮まで行つた。あとでガソリン・カアのあることを知つたけれども、そのときは普通の汽車で行つたから、煤煙にひどく悩まされた。何故、その線が電化されてゐないのかと不満でならなかつた。おまけに、各駅停車の汽車だつたから焦れつたくて閉口した。

しかし、昔はさうでなかつた。昔は汽車も一駅一駅停まる奴が風情があつていいと思つてゐた。機関車も盛大に煙を吐いて走る奴が旅情をそそると思つてゐた。そんな汽車に乗つて窓の外を見てゐると、旅行してゐる現在が本当の人生と云ふもので、日頃の生活は仮のものだと妙な錯覚に陥入つたりした。どう云ふわけか判らない。

そのころ、友人と二人、夜汽車に乗つてゐたことがある。車内の客は殆ど眠つてしまつて、友人も顔にハンカチをのせて小さな鼾をかいてゐた。しかし、僕は一向に眠れさうにない。夜なかだつたけれども、汽車は御叮寧にも一駅一駅停まつて行くのである。空に月がかかつてゐて、春だつたから、朧月であつたかもしれない。

そのうち、どこかちつぽけな駅に停車した。ちつぽけな駅だから、停まつたと思ふとすぐ発車の汽笛が鳴つて汽車は動き出した。こんな駅にいまごろ乗降の客があるのかしらん、と窓から首を出して見たが、人影らしいものは見当らない。ちつぽけな待合室がプラットフォオムの中央にあつて、その近くの花壇らしいところに白い花が群れ咲いてゐるばかりである。しかし、僕はすぐ人影をひとつ見つけた。それは気をつけの姿勢で汽車に敬礼してゐる駅長に他ならなかつた。駅長の前をゆつくり動いて行く車窓から、僕はその駅長がもう年輩の真面目さうな人なのを認めた。今時に、駅長の足元に一匹の仔犬がチョコンと坐つてゐるのに気がついた。恰かも、駅長の不動の姿勢を見習つてゐるかのやうに。その上に、この両者を見守るかのやうに春の月がかかつてゐるのである。

国木田独歩に「忘れえぬ人々」と云ふ愛すべき短篇がある。この駅長は僕の、「忘れえぬ人」である。ある夜半に、ある小駅で見かけたこんなささやかな情景が、何故いまもつて鮮やかに脳裏に残つてゐるのか僕には判らない。

学生のころ、新潟に行つたことがある。このところ、新潟は地盤が沈むので大分問題になつてゐるらしい。現に僕の知つてゐる若い新潟の人の話だと、五十年後には新潟市が海底になるのださうである。本当か嘘か知らないけれども、僕の行つたときはそんな話は聞かなかつた。それより、そのとき僕の新潟の友人が問題にしてゐたのは、ブルノウ・タウトが新潟は汚い市だとか貶したことであつて、友人は頻りにタウトは怪しからん奴だと憤慨してゐた。

この友人に僕は新潟市を引つぱりまはされたわけであるが、夏の暑い日だつたので咽喉が乾く。大きな通りに面した一軒のレストランに這入つてビイルを飲むことにした。レストランには他に客がないから、僕ら二人はビイルを飲みながら大きな声で議論してゐた。何でも、誰それが音痴であるかないか、と云ふことについてだつたらしい。

そこへ一人の客が這入つて来たので、僕らは少し声を低めて議論のつづきをやつてゐた。客と云ふのは小肥りの四十恰好の男で、蝶ネクタイにカンカン帽と云ふ扮装であつた。店の馴染らしく、給仕の女たちもニコニコ笑つて迎へてゐた。

彼は僕らの近くの席につくと、徐ろに何か注文して頻りに独りうなづいてゐる。少しヘンだと思つたけれども、僕らが議論を中止したのは、その注文された料理が運ばれて来たときである。カツレツだつたか何かはつきり覚えてゐないけれども、一緒に運ばれた御飯が皿の上に三つ山になつてゐるのである。型か何かに入れて山の形をつくる奴で、三つものつかつてゐるから皿も特別に大きい。

ひどく面喰つてその人を見てゐると、つづいて大きなジヨツキと小さなコツプが運ばれて来た。ジヨツキのなかには水が一杯這入つてる。運ばれて来たものをテエブルの上に自ら適当に配置すると、何遍も独りうなづいてから、ニツコリ笑つた。此方で見てゐることなんて一向に気にとめてゐない。

何だかたいへんなことが始まるやうな気がする。友人を見ると、友人も眼を丸くしてその人物を眺めてゐた。その男はまず、ジョッキの水をコップに移し、ソオスを取るとコップに入れ、塩を加へ、更に胡椒までパラパラと振りかけたから、友人はテエブルの下の僕の足を蹴とばした。その水をその人物は一口すすつてちよいと首を傾げ、徐ろにソオスを加へ、またー口すすつて今度は満足さうにうなづくと食事にとりかかつた。その間、僕らはその人物の食事振りを具《つぶ》さに見物してゐたのだから、あまり自慢にはならない。ともかく、僕らはその人物が三つの山をペロリと平らげ、而もジョッキの水を二杯もお替りしたあげく、卓上の紙のナプキンで口を拭き、更にそのナプキンを五六枚胸のポケットに入れて至極御満悦の態で出て行くまで見届けたのである。

友人は、新潟には偉い人物がゐるだらうと自慢したが、むろん、友人も頗る呆気にとられてゐた。この人物が、僕にはやはり忘れられない。何やらなつかしい気がしないでもない。

僕は駅頭などで線路工事をしてゐるのを見るのが好きである。線路工夫が好きだと云ってもよい。その人たちの多くは陽に灼けて、いい顔をしてゐる。僕が映画監督なら使ひたいと思ふ人物が沢山ゐる。殊に四十、五十年輩の人がいい。

いつだつたか信州に旅行して、夕暮、ある駅についたら、一人精悍な顔をした中年の工夫が鶴嘴《つるはし》を担いで僕の車窓の近くの線路上を通りかかつた。そのとき、知り合ひらしい中学生が向う側のプラツトフオオムにゐて、いま何時だとか訊いた。何となく声がかけたかつたのかもしれない。すると、その工夫はちよいと中学生を見て、

——夜なかまではまだ何時間もある。

と云ふと、そのまま歩いて行つてしまつた。ひどく無愛想なやうでゐて、何やらたいへんユウモラスな感じがした。この人物も妙に忘れられないのである。

妙な旅

人間の頭は何だかヘンテコに出来てゐて、自分ではそのつもりでゐることが、何かの弾みですつかり変つてしまふことがある。あるいは、これは僕の頭に限られてゐることかもしれないから、「人間の頭は……」と云ふのを、「僕の頭は……」と替へた方がいいかもしれない。

先般、ある会合があつて仙台まで行つた。たいへん固苦しい会合であるから、これが東京であつたら、多分行かなかつたらう。滅多に行かぬ仙台だから、のこのこ出かける気になつた。と云つても、これは僕一人が不心得のわけぢやない。現にその会合に来てゐた連中は顔を合はせたと思つたら、

——お帰りはどちらに？

——いやあ、……温泉に行からかと思つてゐますが……。

——結構ですな。私は、十和田湖あたりまで行く予定にしてをりますが……。

——何でも、……温泉とか云ふのが良いさうですね。

なんて、喋つてゐた。この連中に較べれば僕なぞ、仙台へ行くと云ふだけで出かけて来て

その先の予定なぞないのだから、むしろ、だらしがない方かもしれなかつた。茲《ここ》において僕も内心考へた。成程、これは小生もどこか温泉へよることにしよう、と。何しろ、固苦しい会合をやる幹事のひとが決めてくれた宿と云ふのが街のなかの下宿屋に毛の生えたやうな奴だつたから、山の静かな温泉に行きたい気持がますます強くなつた。その結果、小原《をばら》温泉に行つてやらうと決心した。

白石から這入つたところの小原温泉は、僕には些かなつかしいところである。三四年前の早春、伊馬春部氏を案内役に立て、井伏鱒二先生、横田瑞穂氏、それに僕の同行四人で東北旅行を試み、小原温泉のホテル・鎌倉に泊まつたことがある。それを想ひ出した。

そのときは、白石からホテルのいい車でホテル・鎌倉まで運ばれたのであるが、途中、白石川のあちこちに白く滝を落してゐる深い渓谷も良かつたし、低い連山のあひだから見える雪の蔵王も美しかつた。僕は山登りの趣味は一向にない。が、遠い山を見るのは好きである。思ひがけぬところに、雪を頂く高い山が見えたりすると、少しばかり胸がどきどきする。マツタアホルンとか、ユングフラウとか云ふ山を背景にした写真を見ても、同じくいい気持がする。

ホテル・鎌倉ではたいへん歓待された。これはむろん、案内役の伊馬さんの顔のしからしめるところであるが、ただひとつ、歓待してくれぬものがあつた。ホテルの傍の白石川である。僕はこの川で釣を試みんものと、井伏さんに頂いた竿を持参に及び、井伏さんに教へて頂きながら糸を垂らしたが一匹も釣れなかつた。僕が釣れないのは当然としても、釣の名人の筈の井伏さんも一匹も釣れなかつた。すると、ホテルの人が来て、この川には魚がゐないのだと教へてくれた。

——魚がゐないんぢやね……。

伊馬さんと横田さんは苦笑した。しかし、大分あとになつて、このホテルに行つた伊馬さんから便りを頂いたが、それを見るとかう書いてある。

——見てゐると釣人たちが一尺あまりのハヤをどんどんつりあげてゐます。魚はゐるのですが、あのときは増水してゐて……。

雪解けのせゐで増水してゐたらしい。だから、ホテルの人は、魚がゐないのだ、と云つたのではなかつたのかもしれない。

ホテルでは、コゴミ、シドキ、ミツバ、カヤの実、セリ、ワラビ、ムキタケ、等が出ていかにも山の宿らしい感じがした。

その翌日はホテルの車で峠を越えて山形についた。途中、雪がまだ残つてゐたり、思ひ出したやうに小さな昔風の部落があつたりした。多分、僕の一生の程でもあんな路は二度と通ることもないだらう。それから、上《かみ》の山温泉に泊まり、翌日、夜の仙台で酒を飲み、再びホテル・鎌倉に戻つた。

この上の山で、何と云ふ旅館に泊まつたか忘れたけれども、謂はば極彩色の間とでも云ふ奴で、何でも陛下が泊まられたと云ふ話であつた。そればかりではない、風呂場に案内されるとき、案内役の爺さんが、天皇陛下がお這入りになつたお風呂だとか云つて、たいへん自慢さうな顔をしたので、僕と横田さんは大いに恐縮せざるを得なかつた。

この旅行はたいへん愉快な旅行であつた。それを想ひ出して、ホテル・鎌倉のゴムの樹のある浴槽に身を沈めて対岸の崖の上をたまに通る人とか、車を見てゐるのも悪くないなと思つた。と云ふわけで、僕は小原行きを決心した。

ところが固苦しい会と云ふ奴は、こつちの頭もをかしくするらしい。会が終つて、仙台の駅に着いたとき、僕はすつかり小原を忘れてゐたのである。忘れたばかりではない。沢山貰つたパンフレットやら広告の類を見て、作並温泉に行く気になつてゐた。始めから、そのつもりだつたやうな錯覚を起してゐた。

僕は駅の案内所に行つて、作並温泉は泊まれるかどうか訊いてみた。

——ちよつと、お待ち下さい。

案内所の人は電話をとりあげて、作並温泉の旅館に問ひ合はせた。僕は作並と云ふところには降りたことがない。が、通つたことはある。山形から仙台に来るときである。汽車のなかに、たいへんお喋りの爺さんがゐて、此方が訊きもしないことを頻りに教へてくれようとした。戦前と戦後でこの辺はどう変つたかとか、自分はこの辺に詳しいとか、この先に何があるとか、ここの人口はどれだけだとか……。その癖、たまに僕が何か訊いてもちやんと教へてくれないで、余計なことばかり喋つてゐた。へんな爺いだなと思つてゐたら、少し離れたところに坐つてゐたお神さんが――多分、爺さんの息子の嫁なのだらう――僕の顔を見て、

――このお爺さんは聾なんですよ。

と教へてくれた。

そんなことを想ひ出してゐたら、案内所のひとが、作並は満員だと云つた。満員ぢや仕方がない。松島に行く人もあつたけれども、ああ、松島や松島や、はあまり食欲をそそらない。ともかく汽車に乗つて、それからどこか降りるところを決めようと云ふわけで、汽車に乗り込んだ。乗り込むと、読みかけの本があつたのを想ひ出した。慌てるには及ばぬ、と取り出して読んでゐる程に、ガタンと汽車が停まつた。

――今度は何と云ふ駅かしらん？

と思つて窓から覗いたら、白石である。駅員も「白石、白石」と怒鳴つてゐる。

――はてな？　白石と云へば……。

と思つたときは既に汽車が動き出してゐて、かつて僕がホテルの車に乗り込んだ駅前の通

りがたちまち見えなくなつた。つまり、小原温泉に行き損つたのである。どうして、さうなつたのか、僕にはさつぱり判らない。

自動車旅行

東海道を汽車で往復した経験は何度もある。しかし、自動車で往復しようとは、僕自身、夢想だにしなかつた。ところが神戸のある大学に用事があつて出かけることになつたところ、車を持つクラさんが、小生は東海道をドライヴしようと思ふ、宜しかつたら同乗しないか、と云つた。僕にとつてこんな機会は滅多にあるものではない。のみならずクラさんは日頃、安全運転を旨とする穏健な紳士である。不測の事故と云ふ奴もあるが、それは諦めるより仕方がない。さう考へて乗せて貰ふことにした。僕の他に二人の紳士——チヨさん、モリさんも便乗するのである。

僕らは午前八時に新宿を出発した。八時と云ふのは早すぎると云ふのが、朝寝坊の僕らの不満であつたが、クラさんから、京浜国道が雑踏せぬ裡に通り抜けるのだと云はれると、成程と引退る他はない。車は五反田の先から第二京浜国道に這入つた。夜霧の第二国道、つて云ふのはこれだよ、と教へてくれたのはチヨさんである。それから、横浜新道を通る。この有料道路はなかなか立派である。クラさんは、カリフオルニアみたいだ、と感想を洩らした。

因みに、帰途この同じ道を通つたとき、僕らはこの道をさう立派だとも思はなくなつてゐた。西に行くと、いい道が沢山あるからである。つまり旅慣れた故であらう。

クラさんは自動車道路の地図と東海道ドライヴの案内書をちやんと用意してゐた。地図によると東海道は一級国道である。幾らわが国の道が悪いと云つても、「一級」と名のつく以上さう酷いことはあるまい、と云ふのがクラさんの予想である。事実、さう悪くなかつた。が、ドライヴする人間のための標識が不親切である。定期便のトラックの運転手とか、始終往復してゐるやうな人なら差支へなからうが、始めて車を走らせる人間には一目瞭然たる標識が必要である。僕らはちよいちよい車を停めて確かめたり、人に訊いたりせねばならなかつた。岐れ道のところなど、むしろ、道に色ペンキで矢印を描いた方がいい。東海道は「黄色」とか、色で決めたら宜しからう。

十時ごろ、僕らは藤沢の手前のドライヴ・インで小憩した。よく晴れた日で、午前の松並木を眺めて一服するのも悪くない。何しろ、運転出来るのはクラさん一人だから、適当に休息を必要とするのである。国道は藤沢から真直ぐ茅ケ崎へ通じてゐるが、僕らは江ノ島に出て海岸沿ひに茅ケ崎、平塚、大磯へと車を走らせた。途中、道路工事をしてゐたから工事が完成すると、海を左に見るこのコオスは頗る快適なものとなるだらう。

小田原に這入つたのは十一時すぎである。クラさんの提案で、某俳優推奨するところの鰻屋でビイルを飲み、鰻を食つた。そのとき、僕はうつかりして、車は芦ノ湖の傍を通るのか？　と訊くつもりで「中禅寺湖の傍を通るのか？」と訊ねた。するとクラさんは大声で笑つて――違ふよ、猪苗代湖だよ、と訂正した。チヨさんとモリさんは世にも情ない顔をして更に訂正した。鰻屋の女中は、僕らが新しく出来た小田原城をわざわざ見物に来たと思つてゐるらしかつた。

一時間後、車は天下の嶮箱根の山を登り始めた。クラさんは箱根と鈴鹿峠を二大難関と予想してゐたらしい。しかし、箱根を越えてからクラさんの述懐したところによると、思つたほどのことはなかつたらしい。芦ノ湖畔には観光バスが沢山とまつてゐて、たいへんな雑踏である。僕らは芦ノ湖を眼下に見降す台地に車を停めて眺望をほしいままにした。山波の向うに富士が鮮かに美しく見えた。僕の記憶では、富士山をそのときほどはつきり見たことはない。チヨさんは僕らを立たせたり歩かせたりして富士を背景に八ミリカメラをまはした。ところが、あとになつて何も写つてゐないことが判つたのである。

箱根を越えて三島に下る道は左手に山また山を見て、気持がいい。窓から流れ込む気持のいい風になぶられながら山間のドライヴウエイを走つてゐると、車を持つのも悪くないと云ふ気になる。僕らは、三島は車のなかから神社に敬意を表して通り抜けた。広重の「東海道」にこの神社が出て来るが、むろん、現在その趣きを感じとることは出来ない。

一級国道は三時ごろ、僕らを沼津に導き入れた。僕らは町をブラブラ歩き、一軒の小さな店で冷い飲物を飲んだ。これまでのところ、一級国道はまずその名を恥づかしめないものだ、と云ふのが小憩のときの僕らの結論である。またこれまでの道中——むろん、これから先でも同様であるが——路傍に「めし」とか「入浴随時」とか大きく書いた看板を出した店が幾つもあつて、僕らには珍しかつた。トラックの運ちやんの休むところらしい。

沼津を出ると、左手は松林ごしに海、右手は遠く山塊を望む道で気持がよろしい。交通安全週間とかで白バイが矢鱈にとびまはつてゐる。警官自身も、結構愉しんでゐるのだらうと思ふ。吉原市の外れを通ると、富士市を抜けて、富士川の鉄橋を渡る。すると蒲原である。

蒲原は鰻の寝床みたいな町で、その長いのに僕らは呆れた。海と山にはさまれ押されて伸びてしまつたやうに見える。この町の外れから外れまで行く人は弁当持ちで出かけねばなるまい。が、町の家並は格子の入つた古風な家が多く、宿場らしい感じがあつて悪くない。同じことは、由比、興津についても云へる。が、汽車で通るとかう云ふ家並は見られない。汽車は生活の外側を通るが、車は内側を通る。むろん、膝栗毛と違つてたちまち通りすぎてしまふが、生活の断片を僕らの脳裏に刻みつける。

由比から興津までは一路海岸沿ひに走る道で遥かに伊豆半島が望まれる。尤も僕らは勝手に風景を眺めていい気持になつてゐたが、クラさんはさうも行かぬ。気の毒と云ふ他ないが、やむを得ないのである。

清水・静岡を通り抜けて藤枝に這入る。この手前の手越とか云ふ部落の外れで車がガタガタした。距離にすれば一町となかつたのかもしれぬが、ひどい道である。一級国道にこんなところがあるのはをかしい。多分、昔のままの町並なのだらう、道幅も狭いのである。

大井川を挟んで島田と金谷の宿がある。大井川の渡しと云つても、汽車で鉄橋を渡つたときは一向に考へなかつた。が、車で島田から金谷へ走ると、何となく昔を想ひ出すやうな気持になるから妙だと思ふ。茲で温厚なるモリさんが島田髷はこの島田に因むものかどうか？と疑問を発した。生憎それに即答出来る博学の士がゐなかつたのは残念である。が、あとで聞くところによると、どうもさうらしい。しかし、車の通つたのは島田の外れであつて、島田髷はおろか、女性らしい女性は一人も見かけなかつた。

金谷を抜けて金谷峠にかかると、背後に大井川を挟む風景が展開する。この峠は緑につつまれてゐて、蟬の声も聞える。峠にはトンネルがあつて、かなり長い。トンネルの手前に「小夜ノ中山夜泣石コノ上」とか書いた札が立つてゐた。僕らは峠の茶屋で一服することにした。新茶を淹れて貰つて、黒くつゆのしみ込んだおでんを食つた。これはたいへん美味かつた。茶屋にはテレビもある。トラックの運ちやんが二人、食事を頼んでゐた。茶屋の裏手の窓から、かなり雄大な風景が望まれる。茶屋を出発したのは四時半ごろである。

掛川・袋井・磐田と五十三次でお馴染の名前の町をすぎて天竜川を渡るとやがて浜松である。この辺まで来ると、やれやれ大分来たな、と云ふ気になる。同時に一級国道も大分格が落ちる。道幅も狭く汚い。踏切のところでは何十台も車がつづいて停まつてしまつて、なかなか進めない。あとで新道建設中とか聞いたけれども、浜松の現状に関する限り、僕らの採点は頗る辛かつた。ところがもつと驚いたことには、やつと踏切を渡つたと思つたら、天下の悪路が出現した。舗装も何もない泥道で、路傍の樹木は埃で真白である。のみならず、家と云ふ家は軒のあたりまで泥まみれで白く汚れてゐる。雨の日のはねが上つて乾いたままなのだが、住人は洗ひ落す気持もなくしてゐるらしい。この道の両側の住人の生活を考へると何ともやり切れない気がした。念のため、地図係のモリさんに、これも一級国道か？　と訊ねると、立派な一級国道である、と云ふ答であつた。早いところ新道を造つて、車も住人も共に助かるやうにすべきであつて、これでは天下に恥をさらしてゐるやうなものである。舞坂の弁天島に近づくと、やつと悪路も消えた。

　新居を出て汐見坂にかかると、左手に何やら見覚えのある風景が現はれた。二つの山の間から海が覗いてゐる。広重の五十三次の白須賀の景なのである。ところで、僕らは豊橋から蒲郡の方へ折れたので、一級国道から離れることになる。しかし念のため、帰途、岡崎から豊橋まで走つた一級国道について申し上げると、この間豊橋に近づくにつれて悪路が断続してゐる。一箇所は旧街道らしい松並木の道で風情はよろしいが、トラックとすれ違つたりすると土埃に閉口した。尤も建設中の新道が見えたから、まもなく良くなるのだらうと思ふ。蒲郡へ行く国道は何級か知らぬが酷い道で、それでも国道と知つて呆れぬわけには行かなかつた。凸凹の狭い砂利道で、しかも次第に暗くなつて来て、何とも気が滅入つた。一人のアンちやんに三谷《みや》――これが宿泊予定地である――はまだかと訊ねると、もうすぐアスファルト道で、それからすぐだと云ふ。ところが一向にアスファルト道に出ない。この辺では砂利のことをアスファルトと云ふのぢやないかと邪推してゐたら「天皇皇后行幸啓記念」の碑が立つてゐるところから途端に舗装道路になつた。ついでだから、御津《みと》と云ふ部落の一人の婆さんを紹介しておかう。この婆さんに、三谷まであとどのくらゐあるか？　と訊ねたところ、彼女は首を傾げて――さあ、測つたことがないから判らないねえ、と答へたのである。もう一人、僕らの車を検問した年寄りの警官がゐたが、僕らはこの巡査を反対訊問することによつて、いい旅館を幾つか知ることが出来た。僕らが三谷に着いたのは八時すぎごろだつたらう。

　翌朝おそく、僕らは三谷を出発した。蒲郡を抜けて岡崎に向ふ。この国道は全くの田舎道で、ところどころ想ひ出したやうに舗装してあるのはどう云ふつもりなのかさつぱり判らない。いいところもあれば悪いところも多い、この道は人生みたいだ、と哲学的註釈を加へたのはチヨさんである。しかし、岡崎から名古屋へかけての道は一級の名を恥づかしめない。僕らは名古屋駅に近い駐車場に車を停めた。料金を入れる機械に、十五分十円だから一時間三十分ぶんの十円玉を入れて、昼食に行かうとしたら、その前のビルのタクシイ会社の男が、それは来月一日から有効でそれまで茲は駐車禁止だと云ふのである。その男は最初から僕らの行動を笑つて見てゐたくせに、金を入れてしまふ迄は黙つて知らん顔をしてゐた。何とも厭な野郎と云ふ他ない。結局、僕らはもつと遠い場所にやつと無料駐車場を見つけたが、名古屋に対する印象は一遍に悪くなつた。それに大体、来月一日から使用するならその旨を大きく告示するか、機械が動かぬやうにしておくかすべきだらう。いまでも、僕らは名古屋市に大枚六十円貸してあるのであつて、タクシイ会社の男はこの旅行中で出会つた最もけちな人間である。

名古屋を出ると、蟹江、桑名にかけて昨年の台風の爪あとがまだ残つてゐる。真赤に枯れた松の木のある半壊の家とか、泥を被つた水田とか――四日市のところで「追越解除」と云ふ大きな標識が道の上にかかつてゐて、僕らを失笑させた。追越禁止解除、なら話は判る。因みに路傍には「スピイド注意」とか「追越禁止」とか、その他いろいろ立札が立つてゐる。居睡運転を戒めるものも多い。一例をあげると、「握るハンドル家庭に直結」なんて云ふのがある。桑名では焼蛤でも食はうなんて話してゐたが、案に相違して殺風景な大きな町で、焼蛤らしいものはとんと見かけなかつた。

四日市から石薬師へかけて道幅は広く頗る快適である。その少し先は工事中で片側通行になつてゐた。が、そこをすぎると再び快適なドライヴ・ウエイがつづく。黄ばんだ麦畑や青い水田のなかを白いコンクリイトの道が伸びてゐて、横浜新道より遥かに気持がいい。この道で僕らは東京ナンバアの一台の車を追ひ越した。箱根から西で東京ナンバアの乗用車はこれ一台しか見なかつた。

亀山、関をすぎると、鈴鹿峠にかかる。鈴鹿峠と云ふと馬子の通る、追剝でも出さうなところと思つてゐたが立派な国道が通つてゐる。箱根に比べるとずつと楽だ、とクラさんは云つた。途中、展望台がある。この次辺りで降りて眺めようと云つてゐる裡に下りになつてしまつた。が、トンネルの入口の傍に一台のトラックが引つくり返つてゐたのには驚いた。峠を越えたところに茶店がある。その傍の清水で僕らは顔を洗つた。その辺りにはトラックが三、四台停まつてゐて、茶店はなかなか賑やかであつた。やがて僕らは茶畑の多い風景のなかを土山に降つた。馬子唄には、坂はてるてる鈴鹿はくもる、あいの土山雨が降る、と云ふ。が、僕らの通つた土山はいいお天気で、僕らの車を見た子供が手をあげて奇声を発した。

水口《みなくち》を出ると平地になる。石部《いしべ》、草津、と低い山とか麦畑を見ながら走る。琵琶湖が見えて来ると、大津である。大津をあとにして、やがて左手に紅殻塗りの格子のある家が見え始めたとき、僕らはやつと京都に辿り着いた気持になつた。夕刻、僕らは南禅寺前の宿に這入つた。この宿で飲んだ菊正宗の美味かつたことは格別である。

――枚数がないのでこの辺で「上り」にしよう。尤も、このあと僕らは更に宇治に寄り奈良に一泊し、奈良、大和の寺をまはり、大阪に出て西宮に一泊し、それから肝腎の神戸の大学に行つたのであるが、実際のところ、肝腎の用件と云ふ奴がつけ足りだつたやうな気がしないでもない。

帰つて来たら、疲れたらう、と訊かれたけれども思つたほど疲れた気もしなかつた。のんびり行けば東海道の自動車旅行は安全で甚だ面白いと思ふ。但し、運転のクラさんはさうのんびりも出来なかつたらう。国鉄が新しい線をつくると云ふ話だが、新しい自動車道路をつくる方が遥かに賢明だ、と思ふやうになつたのも、この旅行のせゐらしい。

ある日私は

八月某日　釣をやる予定のところが、台風の余波で天候が定まらず出かけられない。庄野と吉岡はスケッチ・ブックを出して鉛筆を動かす。尾関は釣の道具を調べる。僕は井伏さんと将棋を指す。三勝四敗ぐらゐの成績である。

この宿（谷津の南豆荘《なんづ》）には子供づれの客が多く、頗る賑かである。母子寮みたいだ、と井伏さんは云はれる。部屋の前の庭には夾竹桃の紅い花が咲き、糸瓜《へちま》か瓢簞か知らぬが前の人家に這ひ上つて黄色い花をつけてゐる。その先に低い山があつて、慌しく雲が流れ出てくる。青空がすつかりかくされると、サアツと音を立てて雨が来る。山が白く烟《けぶ》る。雨が通りすぎると山の上に再び青空が覗く。蟬が鳴き、赤トンボが無数に飛び交ふ。赤トンボを見るのは珍しい。東京近郊では殆ど見かけない。庭には水溜りが出来てゐる。

夜、ウヰスキイを飲む。烈しい雨が来るたび緑の硝子戸を閉めねばならない。ここは前に二度ほど大水にやられたと云ふから気にならぬこともない。雨が止むと川の音が聞える。十二時ごろ、ウヰスキイ二本空になる。明日は天城を越える予定である。

長野行バス旅行

八月の始め、渋谷から長野行のバスに乗つた。別に用事はない。乗りたいから乗つたのである。と云ふと簡単だが、事実は簡単ではなかつた。七月の半ば頃、どこかでこのバスの広告を見て、試みに乗つてみようと思つて友人のTに様子を訊いて貰つたら、八月中旬まで予約ずみと云ふのにびつくりした。他にも長野行のバスは出てゐるが、この方はすぐに切符が買へるらしい。この方は冷風完備と云ふのであるが、僕の乗らうと思つた奴は冷房完備である。冷風完備とはどう云ふことかと訊ねると、扇風機がまはつてゐて、窓からも風が入る装置だと云ふ。何だか狐につままれた気がして、冷風の方は願ひ下げにした。ついでに冷房の方も諦めることにした。

ところが、キャンセルしたひとがあつたらしくて、急に座席が二つとれることになつた。それでTと二人乗り込んだ。乗客は家族づれとか奥さん連中とかラケットを持つた慶應の生徒とかで、むろん、空席はひとつもない。走り出すとすぐ、若い男の車掌が、高崎で二十分休憩して食事にするが弁当を御希望の方は申し込んで欲しいと云ふ。僕らは真つ先に申し込んだ。一番前の席だから自然さう云ふ結果になるのである。他にも申し込んだひとは少なくない。

道順を云ふと、西巣鴨から戸田橋を渡つて大宮に出る。上尾、鴻巣を経て熊谷に入る。熊谷で十分ほど停車した。ここで乗客は排泄作用と補給作用を行なふ。つまり、牛乳とかジュウスとかを飲むのである。それから、深谷、本庄、新町を経て高崎に入る。高崎のどの辺か判らぬが自動車専用の食堂があつて、たいへんな混雑である。上りのバスも停つてゐたし、自家用車も何台か停つてゐた。僕らは温和しく弁当を待つてゐたが一向に埒が明かぬ。車掌に訊ねると平身低頭して、予定が狂つて弁当は一つもないと云ふ。仕方がないから、一番早くできるカレエ・ライスを注文した。ところが、これが一向に姿を見せない。腹を立てて帳場まで文句を云ひに行つたら、まだ奥に通してゐないと云ふ。それでもやつと運ばれて来たので、食べてゐると、ブウブウとやたらにうるさく警笛が鳴る。見ると、僕らの車が発車しかかつてゐて、乗客はみんな食堂の僕らの方を注目してゐる。驚いてバスに乗つたら、バスはすぐ動き出した。

いささか恰好が悪かつたが、Tは偉さうな顔をして、

――弁当がないから悪いんだ。

と云つた。若い車掌はもう一度、平身低頭した。しかし、車掌に罪はない。おそらく、そ

の食堂の連中は客が立てこむ状態に慣れてゐないのだらう。女の子の給仕たちも、半ば上の空で右往左往してゐたのである。

高崎からは、安中、松井田、横川を経て碓氷峠《うすひとうげ》を越えて軽井沢に入る。安中の杉並木は、三百五十年前のものと云ふが、なかなか見事で、これは汽車では通れない。横川の宿場らしい町並も趣きがある。峠の道も予想してゐたほど危険な感じがない。もつとも、小型トラックが猛烈な勢で下つて来て、危く前の乗用車にぶつかりさうになつたのには驚いた。

軽井沢についたら、乗客はほとんど降りてしまつた。定員六十人とゐない。駅の前にはひとがいつぱいゐて、何だか埃つぽい。僕が中学生のころ、いや大学生になつてからも、駅の前には草津電鉄の建物と二、三の商人宿みたいのがあつたにすぎなかつた。そしていつも爽快なひんやりした風が吹いてゐた。中学生のころ、離山《はなれやま》に登つて、あつちが沓掛《くつかけ》だなんて友だちと話してゐたら、金髪の男女が接吻してゐるのが眼に入つて、ひどく面喰つたりした記憶がある。

軽井沢を出ると、中軽井沢——僕は沓掛の方が好きだが——を経て浅間山麓を走る。浅間には少し雲がかかつてゐる。追分の方から見る浅間は頂上近く赤い肌を覗かせ、少し下の方が削られて凹んでゐて、見るたびに赤痣があつてひつつりのある女だと思ふ。秋見ると、余計さう見える。

小諸、上田間の道はいい。戸倉、篠之井を経て長野に入る。長野で下車したら、途端に生あつたかい空気に包まれて閉口した。駅の案内所で旅館を訊いたら、市内はどこでも空いてゐると云ふ返事である。それはさうだらう。暑い盛りに暑い街中に泊まる人間もあるまい。

案内所で聞いた旅館に行つて、まだ早いので善光寺へ行つた。まだ早い——と云ふのは、四時頃長野についたのである。僕は善光寺は二度ほど見てゐるが、Tは知らない。一緒に本堂を眺めて、柱の太いのに感心して引返した。歩いてゐると、道の上に何か散らばつてゐる。見ると、淡黄色の小さな花が散つてゐるのである。振返つて仰ぐと、道ばたに大きな木が一本立つてゐる。木の下に屋台店を出してゐる親爺に訊くと、

——槐《エンジュ》だ。

と答へた。それを聞いたら、どういふものか、やつと旅をして来たと云ふ気持になつた。

別所行き

東京から長野までは、いい道路が通じてゐる。去年、長野までの冷房つきのバスが出ると云ふのを聞いて、試みに乗つてみた。本当は追分に行くのが目的であるが、折角、長野まで行くバスなのだから、終点まで乗つて行つて、長野で一泊して追分に引返すことにした。これが青森まで行くバスとか、新潟まで行くバスなら、むろん、そんなことはしない。

冷房つきのバスは極めて快適で、碓氷峠を越え、浅間を右に見て、いい気持になつて眠つて起きたら長野についてゐた。バスを降りたら、途端に長野の暑さが全身を包んで、これはとんでもないことをしたと云ふ気になつた。汗をかきかき、善光寺近くの旅館に入つたら、他に客は誰もゐないらしい。

——いまどきは空いてゐるのかい？

と訊ねると、

——暑い盛りに暑い市内の旅館に泊るお客さんは滅多にありませんよ。

と、女中が云つた。成程、その通りであつて、少し足をのばすと温泉がいくらもある。何だか、長野行のバスに忠義立てしたやうな気がして、面白くないこと夥しかつた。

だから、今年は汽車か、バスにしてもちやんと軽井沢で下車するか、そのどつちかにしようと思つてゐたら、友人のK君が車で追分まで行くと云ふので乗せて貰ふことにした。ところが、K君は別所温泉に行かないか、と誘ふのである。

別所温泉は戦後まもなく、一度行つたことがある。一緒に行つた若い連中が米を持つて行つたりしたから、昭和二十二、三年のころかもしれぬ。何だか、あまり上等でない宿屋に泊つて将棋を指したことを憶えてゐたが、その他の記憶は全くない。何故行つたかと云ふと、同行の若い連中が中学のとき担任だつた先生がその宿屋の主人だか何だかだつたからである。

しかし、K君が別所へ行かうと云ふのは、どう云ふ理由なのか、と訊ねて見ると、K君は戦前、夏の間、お母さんや弟さんと別所に滞在したことがあるらしい。K君の話だと、頗る鄙《ひな》びた温泉場で、K君の滞在した旅館なるものも頗る鄙びた、あまり上等ではない奴で、長逗留する客は自炊なぞしてゐたと云ふ。その旅館から、K君宛に久しぶりに一度是非来て欲しいと云つて来たので、懐旧の念禁じ得ず訪ねようと云ふのである。

別に急ぐ用事があるわけではない。折角、K君が別所に行くと云ふのに、同行を拒否する理由もないから、別所まで行くことにした。

前に別所に行つたときは、上田から電車に乗つて行つた。しかし、こんどは車だから、道を訊きながら行つた。信州人に道を訊くと、極めて明快に教へてくれる。千二百米ばかり行くと橋があつて、その橋を渡つて……と、終点の別所まで一遍に教へてくれる。しかし、当方は一遍には覚えられぬから、少し行つてまた訊く結果になる。

二、三年前、やはりK君の車で東海道を神戸まで行つたとき、途中、三谷《みや》と云ふところに泊つたが、そこまでの道が悪くてなかなか三谷が現はれない。途中で一人の婆さんに三谷までどのくらゐあるかと訊いたら、

——計つたことがないから、判らないね。

と云つた。こんな人物は、尠くとも上田から別所に至る間には一人もゐない。但し、上田から別所に至る間の路は、よろしくない。この路のために、K君の車は別所を目前にした坂の手前の橋のところで動かなくなつた。何しろ、人間の年齢にすると五十四歳ぐらゐの車だから、無理がきかない。あんまりこき使ふな、と腹を立てたのかもしれない。しかし、二十分ばかり頭を冷してやつたら、車も冷静になつたらしい。無事、Nと云ふ旅館の玄関の前についたから、やれやれと思つた。

K君は迎へに出た宿の主人と、なつかしさうに挨拶した。それから、廊下を通つて階段を幾つか上つて、一番奥の上等な部屋に通された。K君は何だか妙な顔をして、頻りに首をひねつてゐる。

——玄関から何から、すつかり変つちやつたね……。

と、K君は云つた。玄関も通された部屋も最近建てましたらしく、一向に鄙びた風情は見られない。鄙びた温泉場と云ふ名前で僕を引張つてきたのに、事志と違つたので些か戸惑つたのかもしれない。僕自身も大いに戸惑つた。何しろ、一度来たことのある場所なのに、何も想ひ出せぬからである。泊つた旅館の名前はむろん、位置も建物も憶えてゐないのには、われながら呆れざるを得なかつた。しかし、女中に学校の先生をしてゐる、もしくは、してゐた旅館の主人がゐるかと訊ねたら、ちやんとゐたから、僕が来たのも夢ではなかつたらしい。話によると、その先生は頗る頑固者らしいから案外、その旅館ならK君の云ふ鄙びた風情を残してゐるかもしれないと云ふ気がしないでもない。

しかし、鄙びたと云つても、K君の記憶に残つてゐるのは戦前だから、そんな風情はいまどき、多少名の知れたところならどこにも残つてゐないだらう。現に僕らの泊つた旅館の主人もK君を相手に、別所の発展を大いに論じてゐた。むろん、自炊の客なぞ一人も扱はないらしかつた。

その夜、宿で酒を飲んでゐたら、雨が降り出した。女中の話だと、別所には十数軒のバアがあるらしい。僕らは宿の傘を借りて夜の町に出た。町には人が殆んど歩いてゐない。試みに一軒の酒場に入つたら、若い男が五、六人ゐた。そのうちの二人は女を相手にツイストを踊つてゐて、たいへん喧しい。K君と二人で、ウヰスキイの水割りを一杯づつ飲んで勘定と云つたら「百円頂きます」と云つた。これには驚いた。それから、念のため、更に二、三軒まはつたけれども、どこの店もたいへん安い。

――この点だけは鄙《ひな》びとるね。

と、鄙びた点を固執するK君は苦笑した。

海辺の宿

夏の暑い盛りに、友人の車に乗つて一週間ばかり関西をまはつて来ました。温泉にはあまり関心のない男ばかり四人だから、奈良の寺を見たり神戸で港を見て肉を食つたりして、温泉には縁のない旅行でありました。従つて、茲には温泉には関係のない話しか書けない。尤も、奈良の万葉ドライヴウエイを通つたとき、高円山《たかまどやま》の手前に鹿野園《ろくやおん》温泉と云ふのがあつて、鹿野園なるホテルに小憩した。そこで休んでくれ、とある人が云つたから休んだので、人気のないロビイで冷い飲物と冷いメロンを御馳走になつた。ホテルの人が、

――お風呂へどうぞ。

とすすめてくれたが、誰も乗気でない。結局、温泉には縁がなかつたわけです。だから、いまもつてそれがどんな温泉かさつぱり判らない。

帰途、渥美半島の海岸の旅館に一泊しました。同行の一人が魚が旨いと云ふので寄ることにしたのである。家族づれの海水浴客の多い宿で、むろん上等ぢやない。前もつて電話しておいたから、部屋はちやんととつてある。眼前に波ひとつ立たぬ海があり、遠く知多半島と

覚しき陸地が見え、眺望はなかなかよろしい。この宿には真水を湧かした風呂の他に、海水を湧かした風呂がありました。何か効能があるらしいが、生憎と忘れてしまつた。

どうせ田舎の宿だからいい酒はあるまい、と前もつて神戸で銘酒を一本仕入れておきました。これをつけてくれるかと訊くと、いとも簡単に承知したのはいいが、夕食のときになつたら大きな盆の上に徳利をどつさり並べて持参したには一同面喰つた。

——十一本、これで全部ですよ。

と、女中はすましてゐます。他に客も少なくないところに、女中が三人しかゐないと云ふからそれも我慢する他ありません。魚を食ひながら、コップで酒を飲んだら十一本は瞬く間になくなつてしまつた。仕方がないから、それからビイルを飲みました。

給仕の女中はなかなかの美人で年は三十前後、そんなことをしていいのかどうか知らぬが、われわれの酒を少し飲み、ビイルはキュッと威勢よく飲む。莫迦な話をして笑つてゐたら、もう一人女中が入つて来た。丸ぽちやの二十歳前後の女だが、これも坐りこんでビイルを飲む。暫くすると、四十恰好の眼鏡をかけた女中が覗きこみました。

——これこれ、油を売つてちや駄目だよ。

と注意したのはいいが、これも入りこんで来て坐るとビイルを飲む。友人の一人は僕に、これは面白い旅館だと云ひましたが、面白いと云へば面白いが無茶な話である。たうとう部屋の外で男の声がした。宿の主人が怒つて呼びに来たと見える。それで眼鏡と丸ぽちやは何やら未練あるらしい様子で出て行きました。美人も膳を片づけ始めたが、近所にビヤホオルがあるから、十一時に暇になるから行かうと誘ふ。いい加減に相槌を打つて、われわれは海岸に出た。海岸には防波堤があつて、すぐ下まで水が来てゐる。砂浜は殆どありません。石段を降りて、客の一人が水のなかを歩いてゐたが、水が青白く光る。夜光虫のせゐださうである。

防波堤に坐つて、遠い灯影を眺めながら夜風に吹かれてゐると、土地の者らしい五十年輩の男が話しかけて来ました。最初はどんな男か判らなかつたが、まもなく、人なつつこい話好きだと判つた。スタンドをやつてゐると云ふので、こんな辺鄙なところにスタンド・バアがあるのかしらん？　と思つてゐたらガソリンスタンドの経営者ださうです。この親爺は何とか台風が襲つたときの話とか、蛸の養殖の話とか、煙草栽培の話とか、いろいろ聞かせてくれる。知らぬ土地で知らぬ人間からそんな話を聞くのは愉しいものである。

その裡に、美人に関心をもつた友人の一人が、その女中のことを質問した。親爺は成程と云ふらしく点頭して、

——あれは男好きのする顔で、満更悪くないでせう？　しかし、あれはパアだね……。

と云つたから、僕らは吃驚した。

――あれは男が好きでね、男が口説けば決して男に恥をかかさない女だ。尤も、金次第だがね。なあにすぐ転びます。土地の衆は知つてるから決して手を出さない。亭主がゐるが、それが入院中なのか、あるいは別れたのか、その辺はどうもはつきりしないさうです。むろん、われわれとしても、そこ迄知る必要はない。友人は面白がつて、丸ぽちやの若い女中のことを訊いた。

――ああ、あれは御面相はまづいが、あれもパアだね。あれも男が好きだからすぐ云ひなりになる。だけど、あれは宿の主人の身内だから気をつけなくちやいけないね。

何を気をつけなくちやいけないのか、親爺も余計な心配をしたと見えます。最後に、眼鏡のことを訊いたら、親爺は苦笑して、

――あれはいけない。海千山千の古狸だね、あれは気をつけなくちやいけない。

と云つたのには大笑ひしました。

それから、親爺が蛸の養殖場を是非見ろ、と云ふので見ることにした。案内すると云ふから随いて歩き出した。少し行くと、海辺に葭簀《よしず》張りの茶屋がある。裸電燈の下に白木の卓子《テエブル》とベンチが並んでゐます。驚いたことに、そこに宿の女中が三人坐つてゐる。三人は土地の漁師らしい中年男二、三人と一緒にビイルを飲んでゐるのである。察するところ、美人女中の誘つたビヤホオルと云ふやつはどうもその茶屋らしいのだが、われわれとしても親爺の話

を聞いたあとでは、そのビヤホオルに入つて行くのも考へものです。女中連中も当方が土地の人間と一緒なので、曖昧な顔をしてゐました。

結局、蛸の養殖場は見ませんでした。当方の聞き方が悪かつたのか、親爺の説明が悪かつたのか、ある場所まで行つたら、茲から朝の五時に沖の親舟に向つて小舟が出る。その小舟に乗せて貰つて親舟に行くと、そこで養殖してゐるのだと云ふ。何だか不得要領のまま戻つて来たら、女中たちの姿は既になかつた。

翌日出発のとき、美人女中は——昨夜、あのひとと何の話をしたか？　と頻りに聞きたがりました。平地に乱を起す気はないから、当らず障らずの返事をしたことは云ふまでもありません。しかし、いま想ひ返すと、あの海辺の宿は洵《まこと》にのんびりした純朴な——と云つていいかどうか判らぬが、ところだつた気がします。

汽車

何年前のことか忘れたが、ある晩、酒場で若い友人のT君を摑まへて汽車の話をした。本当の汽車旅行と云ふのは、どうしても各駅停車の汽車に乗らなければ判らない。急いで目的地に着かうとするのは、これは旅ではない。宴会場にタクシイを走らせるのと大差はない。ごとんごとん、とのんびり揺られて行くのが旅と云ふものである。何故そんな話になつたのか判らないが、大体そんな話をした。

——御尤もです……。

T君が相槌を打つたので、いい気分になつたやうである。汽車は矢張り蒸気機関車に限る。蒸気機関車が盛大に烟を吐いて走るところは何とも云へない。さう云ふ汽車に乗らなければ、旅情も判らない。酔つて後に退けないやうなところもあつて、そんな話もしたらT君は深く点頭《うなづ》いて、

——御尤もです。それではひとつ、私の生家にいらつしやいませんか？

と云つた。T君の生家は宇都宮で旅館を営んでゐる。一晩泊りでゆつくり碁でも打たうで

はないかと云ふのである。たいへん名案のやうに思はれたので即座に賛成した。それから打合せして、ある日、宇都宮へ行くことになつた。むろん、蒸気機関車の引張る各駅停車の汽車に乗つて行くのである。

何だか莫迦に混んでゐて、T君が席を見つけてくれたからやつと坐れたが僕一人なら坐れなかつたかもしれない。その裡に汽車が動き出して、何となくいい気分になつてゐると、何だか眼の辺りがちらちらする。気がつくと窓際の袖に黒いものが溜つてゐる。夏だつたから窓が開けてあつて、夥しい煤烟が舞ひ込むのである。窓を閉めると、暑くて堪らない。

——こいつは些か閉口だな……。

——でも、盛大に烟を吐いてゐます……。

とT君がとりなすやうに云つた。成程、これが旅と云ふもので、これだから先方に着いて風呂に入つてビイルを飲む愉しみも倍加する訳だ、と思ひ直したが何となくすつきりしない。のみならず一向に目的地に着く気配がないのである。

——まだかしら？　もう草臥れた……。

——でも、各駅停車ですから……。

とT君は各駅停車を弁護する。どうも忌忌しい気がするから不思議である。宇都宮に着いたらぐつたりして、こんな筈ではなかつたと思ふ。

一晩泊つて、帰ることになつたらT君はまた各駅停車にすると云ふから吃驚した。それはいけない、と願ひ下げにして日光発の準急に乗つた。これは座席指定のガソリン・カアで上野まで停まらない。こいつはいいや、と云つたらT君は僕の顔を見て、でも、と云ひかけて笑つた。何だか気になる笑ひなのである。

汽車

昔は、各駅停車の汽車が風情があつてよろしいと思つてゐた。機関車が盛大に煙を吐いて走る奴が旅情をそそると思つてゐた。真夜中に、山の中のちつぽけな駅に停る。客はみんな眠つてゐて、誰も降りない。乗る客もゐない。窓から首を出して見ると、プラットフオムに駅長が一人、気をつけ、の姿勢で立つてゐて空に朧月がかかつてゐる。そんな光景に出会はすと、何となくいい気分になつた。

学生のころ、何遍か小海線に乗つた。八ヶ岳山麓の眺望が気に入つてゐたためもあるが、小海線の汽車に乗りたかつたと云ふ理由もある。二両連結のちつぽけな客車を、ちつぽけな機関車が一生懸命引張る。その玩具のやうな汽車の窓から雄大な風景を眺めると、これが旅である、と云ふ気がした。戦後、三、四遍小海線を通つたけれども、客車も大きくなり、やたらに混雑して何とも勝手が違ふのである。ある地点からある地点へ運ばれてゐるだけのやうな気がして、一向に面白くない。しかし、運ばれて行くにすぎないと観念すれば、煙を吐く機関車とか各駅停車には風情も何もあつたものではない。早く楽に目的地に着く方がいいに決まつてゐる。

何年か前、酔つて、各駅停車とか盛大な煙を懐かしがつたら、宇都宮出身の若い友人が、宇都宮まで一緒に旅行しようと云ふ。早速出掛けることにした。ところが、窓から煤煙が遠慮会釈なく舞ひこむ。

——こいつは閉口だな。

——盛大に煙を吐いてますよ。

こんなはずではなかつたと思ふが、どうも妙な気がしてならぬ。

——早く着かないかな、もうくたびれた。

——だつて各駅停車ですからね。

先方は帰途も各駅停車にしようと主張するのを願ひ下げにして日光発の準急で帰つて来た。これはガソリン・カアで宇都宮から上野までノン・ストップである。座席指定だからやたらに混まぬし、煤煙も振りかからず速い。僕は大いに満足した。友人は前の話と大分違ふやうだが、とニヤニヤしたが、旅はなくなつて、あるのは移動にすぎない以上、各駅停車や機関車に拘泥するには及ばない。

一度、近鉄の二階のついた電車に乗りたいと思つて、何年か前用事で大阪に行つたとき、それに乗つて名古屋の友人を訪ねることにした。ところが、生憎二階造りの客車には空席がない。仕方がないから、平屋造りの客車で我慢して、貰つたお絞りで顔を拭き、ラヂオで野球を聴きながらビイルを飲んでゐたら、それも悪くないと云ふ気がした。いつそのこと、全車両食堂車とか飲み食ひ出来る奴にして、ある区間を走らせたらどんなものだらうと考へた。ビイルに飽きたら隣のおでん車とか何とかバアに移るのである。

小田急のロマンス・カアに乗つて友人連と箱根から帰つて来るとき、この話を持出したら誰もいいと云はない。当方の頭を疑ふらしい顔をしてニヤニヤしてゐる。最後に作家のSが、

——それにはホテルもあるのかい？

と訊いて、すつかり打ちこわしになつた。しかし、たまにロマンス・カアに乗つて氷とウヰスキイを貰つて飲んでゐると、たちまち終点についてしまふ。

もう少し窓外に展開する風景を見ながら飲んでゐたいと思ふけれども、さうはゆかぬから、そのたびに移動式酒場に拘泥する。しかし、夕暮、車窓に遠い灯影なぞ見ると、失つたものがひよつこり甦つて来る気がすることがある。

もしかすると、旅がなくなつたのではなくて、なくなつたのは僕の青春なのかもしれぬ。

暑い宿屋

この夏、知人が箱根の湯本の旅館に滞在してゐて、遊びに来ないかと云ふ。知人は胃の手術をして湯本に静養してゐるのである。見舞ひがてら出向いて行つた。急な坂を登つて行つたところにある旅館で、湯本は東京と較べると遥かに涼しい。しかし、知人の部屋に入つて吃驚した。冷房のきいてゐる部屋で扇風機がまはつてゐる。少し坐つてゐると、寒くなつて来た。のみならず、うるさい。

——扇風機、とめませんか。

さう云つて扇風機をとめた。

それから、神戸の宿屋を想ひ出した。僕は夏は暑い方がいいと思つてゐる。涼しい夏は夏らしくない。しかし、去年の夏泊つた神戸の宿屋には閉口した。

その宿屋の名前は忘れてしまつた。街のなかにある宿屋で、東京で云ふとさしづめ日本橋辺りに相当するのださうである。電車通りから入つた横丁に面した、二階建ての小さな宿屋で、見るからに御粗末である。案内されたのは二階の六畳間で、そこに友人のTとSと三人で泊つたのである。

何故、そんな旅館に泊つたかと云ふと、いろいろ事情がある。最初は何とかホテルと云ふところに泊る予定であつた。関西に住む友人の新聞記者が、さう云ふ手筈をとつておいてくれた。ところが、一週間ばかり旅行してゐる間に、われわれの財布が大分軽くなつて来た。何とかホテルに泊れぬことはないけれども、そこに泊ると、最後の愉しみにとつてある、渥美半島で魚を思ふ存分食べると云ふ計画の実行に支障を来す恐れがある。そこで、もう少し安い旅館にしようと云ふことになつて、新聞記者の友人が紹介してくれたのが、その旅館である。

最初、その旅館の前に連れて行かれたときは、われわれも面喰つた。もう少し安い旅館と云つても、程度問題であつて、少し下りすぎるのではないかと考へた。のみならず、その前に山の手のある高級レストランで多少豪盛な食事をしたあとだから、余計そんな気がした。

――しかし、一晩だから我慢するか。

――何事も経験だよ。

TとSはあつさり諦めて、僕もそれに同調した。何でも話によると、旅商人とか仕事で遅くなつた新聞記者が泊るらしい。ともかく、部屋に入つただけで暑い。

横丁に面して窓がひとつある。その他三方は壁である。むろん、窓と反対側に出入口の引戸がついてゐる。物騒だから寝るときは引戸を閉めてくれと書いてあるが、閉めると暑いから、われわれは開け放しにして雑談した。しかし、風がないから、引戸を開けておいても空気は殆ど動かない。

引戸の外は狭い廊下で左手に洗面所が見える。洗面所の上に螢光灯が一本ついてゐて、それがネオンサインみたいに、一定の間隔をおいて明滅する。どう云ふ量見なのかさつぱり判らない。うるさいばかりである。僕らは灯を消して、布団に寝ころんで始終団扇を動かしてゐる。

表の通りを電車が通る。自動車もひつきりなしに通る。それがたいへんうるさい。

——こんな暑い宿屋は始めてだな。

Sが云つた。

——終電車まで眠れさうもないね。

と、Tが云つた。

ところが、いつのまにかTの声がしなくなつた。眠つてしまつたらしい。僕とSはそれからまた暫く話してゐたが、そのうち、Sも眠つてしまつた。むろん、僕も眠らうと思ふ。しかし、暑くて眠れさうにない。神戸の夏が特別暑いのか、その宿が暑いのか、その辺のところはよく判らぬが、ともかく、この暑さにも拘らず街は眠つてゐるらしい。現に電車ももう通つてゐない。尤も自動車はときどき通るが、前ほど頻繁ではない。

——扇風機ぐらいあつてもよささうなものではないか。

と、腹を立ててるけれども、ないところがその宿屋らしいから仕方がない。そこで、窓に網戸が入つてゐるのを外したら、いくらか涼しくなるかと思つて、がたぴしやつて二枚入つてゐた網戸を外してしまつた。外した瞬間、何だか涼しい空気が少し動いたやうな気がした。が、それはほんの瞬間にすぎなかつた。

布団に戻つて、やれやれと寝転んだが一向に変りばえしないのである。暑い空気が凝《じ》つと澱んでゐて少しも動かない。これまで暑くて寝苦しい夜を経験したことは、ないわけではない。しかし、こんな暑い夜は知らない。おまけに、ＴとＳが鼾の合奏をやり出したから、これもたいへん耳障りである。

窓から顔を出して夜の街を見たところで、何の変哲もない。前方に高いビルが二つばかりあつて窓は何れも暗い。

僕は眠るのを諦めて、小さな電気スタンドに灯をつけて本を読むことにした。しかし、暑さのせゐか一向に頭に入らない。読みながら、ＳとＴの鼾の比較研究なぞ始めてゐる。その裡、電車の通る音がして東の空が明るくなつて来たときには、やれやれ助かつたと思ふと同時に、ひどく疲れた気がした。

その日、僕は神戸から渥美半島に至る車のなかで殆ど眠り通した。

——死んだやうに眠つてゐたよ。

と、Tが云つた。

最近、TやSに会つたら、神戸の宿屋の話が出て、Tなぞは——面白い宿屋だつたな、と云つた。しかし一睡も出来なかつた当方としては、それに附和雷同する訳には参らないのである。

明治村と帝国ホテル

友人二、三人と連れ立つて「明治村」に行つて来た。前から一度行つてみようと話してゐたのだが、別に懐古趣味があるわけではない。気分転換の小旅行の目的地として、明治村を考へたにすぎない。何しろ、名古屋までは「ひかり」で二時間である。往復四時間に見物の時間を入れても、簡単に日帰り出来ると考へた。予備知識は殆どない。池があると云ふから、上野の不忍池ぐらゐの池があつて、その池畔に古い建物が並んでゐるのだらう、と考へてゐた。

しかし、行つてみると、いろいろ予定と違ふ。名古屋から車で一時間ほど乗つて行かぬといけない。往復乗物だけで六時間かかるから、たいへん草臥れた。それから、成程、池は入鹿池と云ふのがあるが、これは不忍池とは比較にならない。湖と呼んだ方がよささうな池である。その池の西岸の広い地域に古い建物が点在してゐるのを、番号順に見て歩く恰好になつてゐる。一周りするとかなりの距離になるから、ハイキングを兼ねたやうな具合になる。

途中で京都から持つて来た日本最古の市電と云ふ奴にも乗つた。終点から終点まで五分とかからない距離をチンチンと走る。車掌がゐて、皆さんどうぞ御遠慮なくお烟草を喫んで下さいと云つた。

建物はそれぞれ個性があつて面白かつた。高いところにある長崎のオランダ屋敷のヴェランダから、夾竹桃ごしに池を見てぼんやりしてゐると、ちよつといい気分がした。白い品川燈台の傍に菅島燈台官舎の小さな赤煉瓦づくりの建物があつて、これがなかなかよかつた。説明によると伊勢湾の菅島に明治六年にイギリス人の設計で建てられたものださうである。この附近には見物人の姿が見当らずひつそりしてゐる。そこに赤煉瓦に白い鎧戸を持つ建物がひつそり立つてゐる。殊にその煉瓦の落ちついた渋い色はたいへん美しかつた。そんな煉瓦の色は見たことがない。これを見ただけでも、僕は満足してゐる。

しかし、正直のところ、古い建物を見て歩いて何やら物足らぬ疲れた気がした。街のなかに古い建物を見つけて何か感ずる、その感じがない。尤も街のなかにおいておくと消えてしまふからわざわざ茲まで運んだのだから、その辺に不満を持つても始まらない。

しかし、ヨオロッパには中世以来殆ど姿が変らずそのなかに人間の住んでゐる町がある。何だか少し残念な気がする。歩いてゐたら旧帝国ホテルの取りこわした建物の一部がその辺に転してある。資金難で建築中止になつたらしいが、あれほど騒いで一体どうしたと云ふのかしらん？

赤とんぼ

片附けなければいけない仕事があつたので、それを持つて東北の山のなかの温泉に出掛けた。三、四年前の夏も終りのころだつたと思ふ。前に何度か泊つたことのある宿屋の一室に落着いて、四日ばかり逗留した。仕事と云ふのは、雑誌に載せた旧い原稿に眼を通して手を入れるのである。季節のせゐかどうか、宿屋はひつそり閑としてゐて仕事をするには都合がよかつた。

宿屋は川に面して建つてゐて、窓から涼しい川風が入つて来る。川の両側は低い山で、その辺一帯は谷間のやうになつてゐる。駅から車で来ると、何となく山懐に入ると云ふ感じがして悪くないのである。窓から吊橋が見えた。毎朝、この吊橋をランドセルを背負つた小学生が三、四人渡つて行つた。田舎の夏休の期間は都会とは違ふのかもしれない。小学生たちは大声で話しながら吊橋を渡つて行く。朝の澄んだ空気のなかにその甲高い声がよく響いて、聞いてゐて清清しい気持がした。

吊橋の先には、川沿ひに何軒かの人家が右手に見えた。その辺は川床が白く現はれてゐて、灰色の鳥が沢山降りてゐる。灰色の鳥は二、三十羽群れをなして川の上を旋回してゐることもあつた。鳩ぐらゐの大きさだが、何と云ふ鳥か知らない。

女中に訊いたら、

——ああ、あれはいつも飛んでる鳥ですよ。

と云ふ返事だつたから、訊いても何にもならない。川は人家の先で右に折れてゐるから、その先にある何軒かの温泉宿は見えない。切り立つた崖の上に、かぶさるやうに低い青い山が正面に見える。ぼんやり机に頬杖を突いて、山鳩の声を聞きながらその山を見てゐるのは悪くなかつた。いつのまにか日が昏れて来て、青い夕暮のなかにぽつりぽつりと人家の灯が灯る。その灯を見るのも悪くなかつた。

昔、中学生のころ「谷間に灯点るころ」と云ふ唄が流行つたことがあつた。何の会だつたか忘れたが会があつて、上級生の一人が算盤を鳴らしながらその唄を歌つた。聴いてゐた先生が、ふうん、いい唄だね、と感心したのを憶えてゐる。戦後、ある芸人が矢張り算盤を鳴らすのをテレビで観て、真似してゐるな、と思つたことがあるが、それは遠い昔のことを想ひ出したからである。昏れて行く谷間の灯を見てゐると、ひよつこり昔の唄が甦つて何だかなつかしかつた。

夜になると森閑として、梟や夜鷹の声が聞えたりした。夕食に酒を飲むから、夜は仕事にならない。外へ出ても酒場なんて云ふものはない。部屋にテレビはあるが、画面が矢鱈にちらちらして何が映つてゐるのかさつぱり判らないから多分装飾用だらうと思ふ。仕方がないから早く寝てしまふ。それはいいが、無暗に早く眼が醒めるのには閉口した。眼が醒めて時計を見ると夜中の二時である。吃驚して再び眠ることにするが六時ごろには起きてしまふ。五時ごろ眼が醒めて、風呂に入つて眠りなほしたこともある。その替り午后になると睡くなるから午睡する。午睡から醒めると、頭がぼんやりしてゐるから散歩する。

宿屋の前の山裾の小径を暫く登つて行くと、やがて山の上に出る。そこはささやかな平地になつてゐて、畑があり農家の屋根も見える。路傍に一本大きな桜の木があつて、そこで一服すると引返して来るのである。何日目だつたか、引返さうとして何気なくその桜の幹を片手で抱くやうにしたら掌に妙な感触がある。見ると、赤とんぼを押へてゐた。

——何だい、お前は？

あまり意外だつたので、赤とんぼにそんなことを云つたかもしれない。間抜けな奴だと思つたのだが、赤とんぼとしてはたいへん迷惑だつたらうと思ふ。放してやると、ついと飛んで行つてしまつた。

散歩から戻つたら、玄関先にゐた女中が、お散歩でしたか？　と訊いた。

——とんぼとりに行つて来た。

と云ふと、へえ？　と眼を丸くした。

その晩、例によつて夕食に酒を飲んで早く眠つたら一時ごろ眼が醒めてしまつた。すぐ眠るばかりでは芸がないから、冷蔵庫から氷を出してコップに入れ、持参のウヰスキイを注いで飲むことにした。風が出たらしく、裏山の方でざわざわと云ふ音がする。風の音を聞きながらウヰスキイを飲んでゐて、昼間の赤とんぼを想ひ出した。

私が赤とんぼを押へたのは、全くの偶然にすぎない。何となく桜の幹に手を廻したら、向う側にゐた赤とんぼが摑まつたので、先方にしたところで摑まへて貰ふつもりでそこにゐた訳ではない。摑まへようと思つてやつても、かう巧く行くとは思はれない。

そんなことを考へてゐる裡に、五郎のことを想ひ出した。五郎と云ふのは、僕の親戚のやつてゐた学校に勤めてゐた小使の婆さんの息子である。十郎と云ふ兄がゐるが、これは兵隊に行つてゐないから、五郎は母親と二人小使室に寝泊りしてゐた。何でも死んだ父親と云ふのが曾我兄弟が大好きで、息子二人にそんな名前をつけたのださうである。まだ戦争中のことで、そのころ五郎は中学二年生か三年生だつたと思ふ。

その学校の近くには大きな飛行機工場があつたから、その辺は早くから空襲を受けた。空襲になると、五郎と母親は小使室の近くの防空壕に逃げ込む。ある晩空襲があつて、五郎は母親と一緒に防空壕に入つた。入つたらまもなく母親が、昼間御近所の何とかさんにお金を立替へて貰つたのを想ひ出したから、これから払ひに行くと云ひ出した。五郎は驚いて止めたが、母親は肯かない。仕方がないから五郎も母親と一緒に走つて、その何とかさんの家に行つた。何とかさんも吃驚したことだらうと思ふ。金は払つたが空襲が激しくなつて、近くに爆弾が落ちてゐるらしいから二人は先方の壕に入れて貰つて凝つとしてゐた。

やつと空襲が終はつたので、二人は戻つて来て吃驚した。二人がいつも入る防空壕に爆弾が落ちて、大きな蟻地獄に似た穴が出来てゐたのである。二人がそこに入つたままでゐたら、むろん、二人とも死んでゐたに違ひない。五郎は四囲が明るくなり始めたので、もう朝だな、と思つたら途端にひどく睡くなつたと云ふ。母親の方はその場に坐り込んで、声をあげて泣き出したさうである。

その話を五郎から聞いたとき、五郎母子の幸運を喜んだが同時にその偶然をたいへん不思議に思つた。

――そのとき、どんな気がした？

――さあ、何だかぽかんとして、よく判りませんでした。いまは、よかつたなあ、つて思つてるけど……。

五郎はさう云つてにこにこした。

赤とんぼと五郎の場合を一緒にしてはいけないかもしれない。一方は些か滑稽だが、一方は人間の生死がかかつてゐる。しかしどちらも偶然であることに変はりはない。そんな偶然をどう解釈するかは、人それぞれの自由だからここでは別の話である、と云ふことにしたい。

戦争が終はると、五郎母子は学校を出て、どこかに引越して行つた。その後会つたことはない。五郎はいまごろ、どこで何をしてゐるかしらん？　ウヰスキイを飲みながらそんなことを考へてゐる裡に、段段睡くなつて来たやうである。

翌日、朝食をすませて階下のロビイに降りて行つたら、テレビの前に年とつた御婦人が二人背中を丸めて、十姉妹《じゅうしまつ》みたいにちよこんと並んで坐つて一生懸命画面を観てゐる。女中に訊いたら、昨夕着いたお客さんださうである。ロビイのテレビはよく映るから、何とも不思議でならない。

川に面した窓際の椅子に坐つて、ぼんやり烟草を喫んだ。対岸の崖の上の道をときどき車が通る。よく晴れた日で、赤とんぼが沢山飛んでゐた。赤とんぼを見ると子供のころが想ひ出されてなつかしい。昔、野口雨情の「紅殻《べにがら》とんぼ」と云ふ詩を読んだことがある。

とんぼ可愛や　紅殻とんぼ
赤い帯なぞちよんと　締めて来る

と云ふのである。何だか遠い童話の日の記憶が戻つて来るやうで、うつらうつら、いい気分になつてゐたら、テレビを観てゐる婆さんの一人がくすくす笑ふのが聞えた。

どうぞ、お先に

どうぞ、お先へ、と云ふ言葉がある。いろんな場合に用ゐられるが、これにも時と場合と云ふものがあつて、火事か何かで逃げ出すとき、扉口でそんなことを云つて先を譲り合つてはいけない。そんなことをしてゐたら、どんな結果になるか判らない。この言葉が格別好きだと云ふ訳でもないが、時と場合によつては好きである。時時、娘の車に乗つて出掛けることがあるが、走つてゐると決まつて矢鱈にスピイドを出して此方を追ひ抜かうとする車がある。娘は負けん気の所があるから、何でせう、あの車？　とのぼせ気味になる。そんなとき、

——どうぞ、お先へ、と云ふものだ。

と云つて娘をたしなめるのである。さう云ふときは、この言葉がいい言葉に思はれる。目的地へ多少早く着かうが遅れやうが、問題ではない。此方はさう考へるが、追ひ抜く方はまさか墓場へ急ぐ訳でもあるまいが、追ひ抜きたいのだから、先へ行かせればいいのである。もう少しのんびり走つたら如何ですか？　と云ひたいが、先方は手洗ひを求めて血相を変へてゐるのかもしれないのだから、これも時と場合によると考へたい。

ある日

表の通りを屑屋が通るとすぐ判る。頓狂な声が聞えて、それからぱかぱか蹄《ひづめ》の音がする。屑屋は痩せた馬に荷車を牽かせ、自分は荷車の御者台に坐つてときどき頓狂な声で叫ぶのである。リツタアと聞えるがよく判らない。ともかく、屑屋お払ひ、と怒鳴つてゐるのだらうと思ふ。荷車には何だか得体の知れないがらくたが積んである。御者台に親爺が二人並んで坐つてゐることもあるから馬に同情する。何だか面白いから屑屋が通ると窓から覗いて見る。

十日ばかり旅行して帰つたら草臥れたので昼寝してゐて、屑屋の頓狂な声に眼を醒ました。曇つてゐたのにいつのまにかいい天気になつてゐる。屑屋の親爺も御者台で秋風に吹かれていい気持さうに見える。それを見たら此方も風に吹かれたくなつたので、フインチリイ・ロオドまで散歩することにした。表通りは車が頻繁に通るが横町に入ると殆ど通らない。人通りも殆どなくてひつそりしてゐる。珍しく空は青く晴れて、追憶をそそるやうな冷やかな秋風が吹くから、遠く忘れてゐた感情が甦るやうな気がする。陽蔭は寒さうだから陽向の歩道をぶらぶら歩いて行くと、枯葉が乾いた音を立てて走る。

道に大きな葡萄ぐらゐの丸い黒紫の実が幾つも落ちてゐる。最初は葡萄かと思つたが、上を見たら何の木か知らないが大きな木にその実が一杯生つてゐた。何の実か知りたいが人が通らないから訊く訳に行かない。木の実も落ちてゐるが、ところどころ犬のうんこも落ちてゐるから気をつけないといけない。道の両側は三階建ての赤煉瓦の家が並んでゐる。門から玄関までの小径の両側は大抵芝生になつてゐるが、色とりどりの薔薇を植ゑてゐる家もある。夏の終りの薔薇と云ふ奴が咲いてゐる。まだテツセンや紫陽花の咲いてゐる家もあるから、ロンドンの花はどうなつてゐるのか見当がつかない。フインチリイ・ロオドに出てコダツクのフイルムを一本買ふ。七十九ペンスである。それから近くのベンチで烟草を一本喫んで引返す。小さな男の子を連れた女が擦れ違ふときpretty sunshine! と云つた。此方に云つたのか独言を云つたのかよく判らない。

帰りは「角の酒屋」と呼んでゐる店に行つて、カアルスバアグを半打《ダアス》買つた。これには特製と並製とあつて、特製の方が一本十七ペンスで六ペンス高い。酒屋の親爺の話によると、特製の方が強くて旨い、これをその辺のバアで飲んでごらんなさい、二十八ペンスもとられますよ、と云ふことになる。しかし、ヴイクトリアで二ポンド七十のウヰスキイが親爺の店では二ポンド九十だから話が些かちぐはぐになる。ビイルを買つて帰つたら急に雲が出て雨でも降りさうな気配になつた。ロンドンの空模様も当てにならない。（九月十五日）

お祖父さんの時計

倫敦の骨董屋を覗くと、箱型の大時計を並べてゐる店が沢山ある。高さは大体六、七尺で、硝子の扉のなかに大きな振子がぶら下つてゐる。これを「お祖父さんの時計」と云ふが、この呼名はこの時計にしつくりしてゐて悪くない。英国人の家庭に入つてこの大時計を見ると、その家の見たことも無いお祖父さん、お祖母さんが何となく浮んで来るやうな気がする。

店で値段を見ると、七、八万円から十万円程度の奴が多い。何だか欲しい気もするが、運搬が大変だし、それに持つて来ても置く場所が無いからと見合せてしまふ。どつしり落着いた建物でないと、置いてもちぐはぐになるだけでみつともない。

友人や娘と蘇格蘭《スコットランド》を車で廻つたとき、ガラシイルズと云ふ小さな町に泊つたことがある。生憎ホテルはどこも満員だつたから、岡の上のベッド・アンド・ブレクファアスト、つまり素人宿に泊つたが、結果はこの方が良かつたと思ふ。中年近い夫婦者と四人の可愛らしい子供のゐる家庭で、亭主は町の羊毛工場に勤めてゐるとかで宿の方は細君がやつてゐる。貰つた名刺には、宿の名前の上にちやんと細君の名前が印刷してあつた。ライト夫人と云ふのである。たいへん感じのいい女性で、何だか知人の家の客になつたやうな気がした。

家のなかも綺麗に整頓されてゐて、趣味もなかなかいい。この宿の二階へ上る階段の広い踊場に、古い大時計が置いてあつて、ちよつと良かつた。その傍の壁に大雅の犬の絵の複製が架けてあつて吃驚したが、訊いてみると細君が結婚前に買つたのださうである。尤も、どこで買つたと云つたか忘れてしまつた。

ベッド・アンド・ブレクファアストは読んで字の如く夕食は出さないから、町のレストランへ行つて食事した。葡萄酒を一本貰つてビフテキを食つたら、これがなかなか旨いからこの町が大いに気に入つた。客は他に七、八組ゐたが、みんな陽気に談笑してゐて一向に気取つた所が無い。蘇格蘭では親切な人間に沢山出会つたが、どうも英蘭《イングランド》と違つて肩肘張つた所が無いやうに思はれる。

居心地が良いから、十一時ごろ迄愉快に話をして、暗い静かな路を宿迄帰つて来たら、細君がにこやかに迎へて、客間で紅茶とビスケットを出して呉れたから嬉しい。紅茶を飲んで、御馳走様、お休みなさい、と二階へ上つて行くと、踊場の大時計が、ちつく・たつく、と時を刻んでゐて、大きな振子がゆつくり揺れてゐる。それを見たら、この夫婦者の両親も、またお祖父さん、お祖母さんもきつと好い人だつたのだらう、何だかそんな気がしたが、さう云ふ気分になれるのは悪くない。

散歩道

いつだつたか、或る雑誌が夏目漱石と森鷗外の特輯をやつた。面白さうだから買つて来て見てゐたら「漱石とロンドン」と云ふ見出しで色刷の写真が幾つか載つてゐる。そのなかに、漱石の倫敦に於ける第二の下宿の写真と云ふのがあつた。人気の無い、ひつそりした住宅街の四角の一角が写つてゐる。その一角の二階家が、漱石の下宿してゐた家だと云ふのである。夕暮時らしく、舗道が濡れて見えるのは雨でも降つた后なのかもしれない。人影は一つも見当らないのに、犬が一頭舗道の真中を歩いてゐて、遠くに尖塔が見える。

なかなかいい写真だが、その写真を見たら、おやおやと思つた。見憶えのある通りのやうな気がするから解説の文章を読むと、地下鉄のウエスト・ハムステッド駅の近くで、クリイヴ・ロオドとプライオリ・ロオドの交叉する所だと書いてあるから驚いた。見憶えのある筈である。数年前、倫敦暮しをしたときは、その直ぐ近くに住んでゐて、その通は毎日の散歩道であつた。クリイヴ・ロオドもプライオリ・ロオドも車の殆ど通らない緑の多い横町、若しくは裏通で、人間がのんびり歩ける道だから、しよつちゆう散歩した訳だが、いつもひつそりしてゐて、通行人にも滅多に会はなかつた。

写真を見たら、成程そんな二階家があつたと想ひ出したが、写真を見なかつたら想ひ出せたかどうか判らない。しかし、当時は漱石がそこに下宿してゐたとは露知らない。知らずに、その家の前をぶらぶら歩いてゐたのである。燈台下暗しと云ふ奴だが、何しろ当時はそんなことを詮索する気も毛頭無かつたのだから、知らないのが当然である。

クリイヴ通は赤煉瓦の家並の続く道で、扉口に鉄線を這はせた家も何軒かあつた。前庭で薔薇の手入をしてゐる爺さんのゐる家もあつた。九月になつて冷かな秋風が吹くと、枯葉が乾いた音を立て、歩道には暗紫色の西洋李《すもも》の実が沢山落ちてゐる。そんなことも想ひ出した。

漱石がその家にゐたのは明治三十三年と云ふから、いまから七十数年前になる。その家がその儘残つてゐるのには感心するが、二百年前の家だつて残つてゐる都会だから、別に感心するには当らないかもしれない。漱石の「下宿」と「過去の匂ひ」と云ふ小品は、この家のことを書いたものださうである。どちらも暗い感じのする小品だが、その家に下宿してゐた漱石の心も決して明るくはなかつたやうに思はれる。漱石もその辺を散歩したことがあるのかしらん？

写真を見てゐたら、いろいろ想ひ出して懐しかつた。何だか改めてその家が見たくなつたが、ではちよいと散歩がてら、と云ふ訳にも行かないのは残念と云ふ他無い。

愛蘭海見物

近頃体調を崩してゐて旅行出来ない。そのせゐだらう、ぼんやりしてゐるときなんか、昔の旅行を想ひ出したりする。こなひだは、愛蘭海を見に行つたときのことを、ひよつこり、想ひ出した。大分以前のことになるが、英国に行つてゐたとき、知人の車に乗せて貰つて、若い友人と湖水地方を廻つたことがある。湖水地方には湖水が幾つかあつて、御承知のやうに観光名所になつてゐるから、人や車が沢山集まつて来るが、なかには人の姿を殆ど見掛けないひつそりした湖もあつて、静かに旅人を迎へて呉れる。かう云ふ湖はなかなか忘れられないが、茲では愛蘭海を見に行つたときのことを記したい。

——湖もいいが、この辺で真物《ほんもの》の海を見ると云ふのは如何でせう？　折角茲まで来たのですから、アイリツシユ・シイ（愛蘭海）を見に行きませう……。

若い友人が妙なことを提案して、お蔭で湖水周遊に愛蘭海見物と云ふおまけが附いた。どこをどう走つたのか、知らない程に曇天の下に海が見えて来て、どこか町外れのやうな所で車が駐つた。降りて見ると、駐車したのは矢鱈に広い殺風景な道路の片隅で、隣に線路が道路に並行して走つてゐて、線路を越した向う側が砂浜で海になつてゐる。

直ぐ傍に駅らしい――と云ふよりは停車場と呼びたい感じの小さな赤煉瓦の建物があつたから這入つて見た。生憎、名前は忘れた。

――誰もゐませんよ。

若い友人が驚いてゐる。事実、そのちつぽけな駅には駅員らしき人間は一人もゐなかつたのだから、これには面喰つた。旅客が切符を買ふときはどうするのだらう？　汽車が来たら、一体、どうなるのかしらん？　それから、プラットフオムへ出て見て、なんだかこの謎が解けるやうな気がした。単線の線路が二本、赤く錆びてゐるのである。最近、汽車は走つてゐないらしい。

――これもストライキですかね……。

――そんな所でせう。

若い友人と知人が話してゐる。英国の鉄道はよくストライキをやるから、こんなことは珍しくないのかもしれない。

歩道橋があつて、広い道路の方から線路を越えて海岸へ出られるやうになつてゐる。駅の壁には、「線路への立入を禁ず」、違反した者は罰金二十五ポンド、と麗麗しく書いた注意書が貼つてあつたから、われわれはその注意書通りに歩道橋を渡つて、海岸へ下りてみた。

愛蘭海は一向に美しくない。尠くとも、この地点の海は、と云ふべきかもしれない。別に白砂青松を期待して来た訳ではないが、若い友人がアイリッシュ・シイと云ふのを聞いたときは、もう尠し風情のある海かと思つたのだが、実物は洵に殺風景で、とてもわざわざ見に来る程のものではない。砂浜も打上げられた汚い海草か何かに一面に蔽はれてゐて、小さな波が打寄せてゐたと思ふ。がつかりして、再び歩道橋を渡つて引返さうとしたら、大通りの方から犬を連れた婆さんが姿を現して、悠悠と線路を渡つて来る。お節介な若い友人が早速、

——失礼ですが、貴方はあのブリッヂを渡らないのですか？

と訊くと、婆さんは澄して、

——おお、私はいつも線路を渡つて来ます。

と答へて、さつさと行つてしまつた。引返すわれわれが歩道橋を渡つたか、線路を渡つたか、宜しく御判断願ひたい。序《ついで》に云ふと、この犬を連れた婆さんは、どう云ふものか、想ひ出すと妙に懐しい。

広い道路の向う側には商店か何かあつて、その前に青いベンチが置いてあつた。このベンチには爺さんが二人坐つてゐた。一人は鳥打帽の爺さんで、もう一人は白毛に眼鏡の爺さんだが、二人共、珍しいのか、終始、われわれの方を一所懸命眺めてゐた。この二人の爺さんも想ひ出すと何だか懐しい。

初出および解題

I

一番星　「労働文化」（労働文化社）一九七二年四月

○「読切連載」として同誌一九七二年一月号から六月号まで六回連載されたうちの第四回（他は第一回「男の子と犬」、第二回「太郎二郎三郎」、第三回「赤とんぼ」、第五回「童謡」、第六回「小鳥屋」。いずれも本書所収）。影絵は毎回、藤城清治（下図参照）。

童謡　「労働文化」一九七二年五月

○「信州の叔父」については、「童謡」（一九七四。『埴輪の馬』所収）、「ゴンゾオ叔父」（一九五六）等、何度か小説化されている。

藤城清治との連載第一回「男の子と犬」より

グンカン先生　「英語青年」（研究社）一九六四年八月

ミス・ダニエルズの追想　「文学行動」（文学行動社）一九四九年九月
◯「文学行動」は小林達夫、吉岡達夫らによる同人雑誌で、著者は一九四二年に参加。初期短篇の多くが同誌に発表された。また、「ミス・ダニエルズ」についてはのちに「汽船――ミス・ダニエルズの追想」（一九五四）として小説化された。

二人の友　「酒」（酒之友社）一九五八年二月

私と大学　「毎日新聞夕刊」一九六二年十一月九日

昔の仲間　『同級生交歓　第2集』（あすなろ社）一九六八年
◯あすなろ社刊『同級生交歓』は「文藝春秋」同名連載を基に書き下ろした文章を収録したアンソロジー（全三冊）。本編収録頁には庄野潤三、玉井乾介と著者の三人が写った一枚が掲載されている。

日米対抗試合　「風報」（風報編集室）一九五六年三月

閻魔帖　「公研」（公益産業研究調査会）一九七四年一月
◯「公研」は一九六三年創刊の月刊誌。「めいん・すとりいと」と題する巻頭コラム内の「文化」欄を著者は三か月に一度、担当。「本屋の話」（一九六九年七月。本書所収）から「珈琲挽」（一九七九年一月）まで十年近く連載された（全三十九回）。

採点表　「公研」一九七四年十月

昔の教室　「公研」一九七八年一月

たばこ随想　『たばこ随想』（日本専売公社東京地方局販売促進課）一九六四年三月

○『たばこ随想』は、一九六三年五月から六四年三月までTBSラジオ「朝の旅情」に挿入されるCM用に書かれた原稿をまとめた一冊（企画編集・博報堂ラジオCMルーム）。〈最初このCM企画を実施するにあたって意をもちいたのは、原稿をお願いするさい、いかに韜晦のヴェールにつつむかということでした。そこでたばこ随想という言葉を盾として、なんだコマーシャルかと受けとられるイメージをいくらかでも弱める仕掛を考えたのです〉（同書「あとがき」より）。

Ⅱ

アカシア　「風報」一九五七年五月

猫　「茶の間」（茶ノ間社）一九五八年八月

○「無断で家に上って来る猫」についてはのちに「大寺さんもの」第一作「黒と白の猫」（一九六四。『懐中時計』所収）として小説化された。

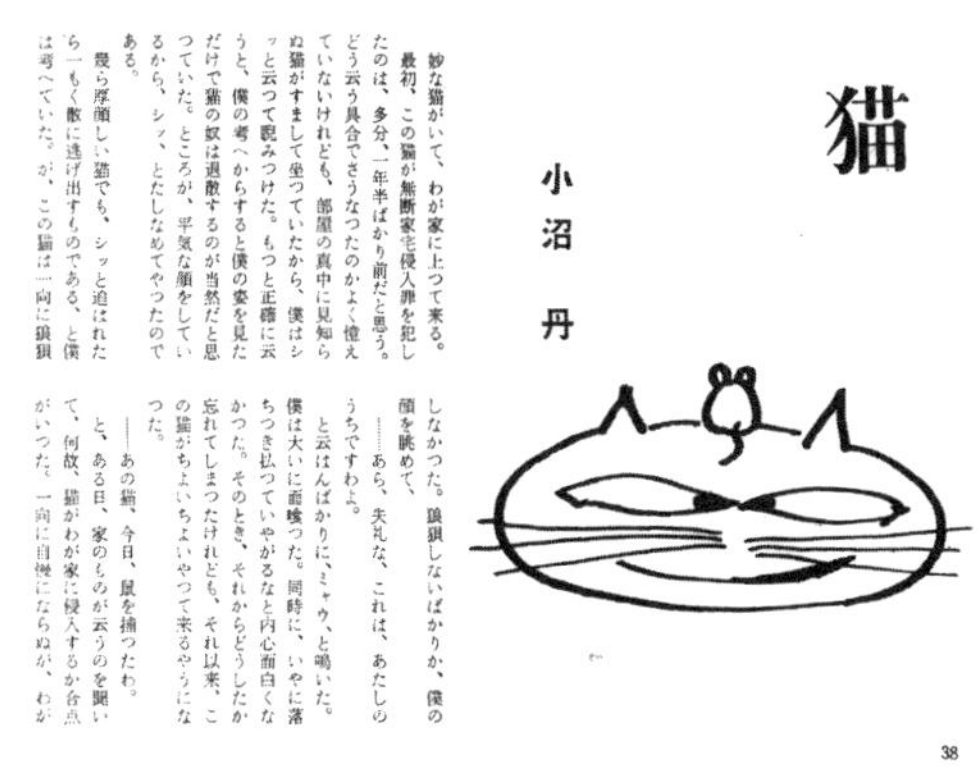

猫

小沼丹

妙な猫がいて、わが家に上つて来る。最初、この猫が無断家宅侵入罪を犯したのは、多分、一年半ばかり前だと思う。どう云う具合でさうなつたのかよく憶えていないけれども、部屋の真中に見知らぬ猫がすまして坐つていたから、僕はシッと云つて睨みつけた。もつと正確に云うと、僕の考へからすると僕の姿を見ただけで猫の奴は退散するのが当然だと思つていた。ところが、平気な顔をしているから、シッ、とたしなめてやつたのである。

幾ら厚顔しい猫でも、シッと追はれたら一もく散に逃げ出すものである、と僕は考へていた。が、この猫は一向に狼狽しなかつた。狼狽しないばかりか、僕の顔を眺めて、

……あら、失礼な、これは、あたしのうちですわよ。

と云はんばかりに、ミャウ、と鳴いた。僕は大いに面喰つた。同時に、いやに落ちつき払つていやがるなと内心面白くなかつた。そのとき、それからどうしたか忘れてしまつたけれども、それ以来、この猫がちよいちよいやつて来るやうになつた。

――あの猫、今日、鼠を捕つたわ。

と、ある日、家のものが云うのを聞いて、何故、猫がわが家に侵入するか合点がいつた。一向に自慢にならぬが、わが

38

「猫」冒頭より

タロオのこと　「潮」（潮出版社）一九六三年三月
○飼犬「タロオ」についてはのちに「タロオ」（一九六六。『懐中時計』所収）として小説化された。
陶池　「風報」一九五九年三月
鶯　「浪花のれん」一九六二年二月
春をつげる美声　「報知新聞」一九七一年三月十二日
鶯のストライキ　「公研」一九七一年四月
男の子と犬　「労働文化」一九七二年一月
○藤城清治との連載初回。この回のみ、「作家の横顔」として以下の略歴が付されている。〈小沼丹氏は、ほのぼのとした滋味あふれる珠玉のような短篇作家として有名。優れた短篇集「懐中時計」で第二十一回読売文学賞を受賞している。その他「銀色の鈴」なども好評。大正七年東京生まれ。早大教授。〉
太郎二郎三郎　「労働文化」一九七二年二月
小鳥屋　「労働文化」一九七二年六月
○「小鳥屋を開店した元同僚」については のちに「木菟燈籠」（一九七六。同名短篇集所収）として小説化された。
けぢめ　「公研」一九七四年四月

Ⅲ

地蔵さん　「公研」一九七四年七月
地蔵の首　「文学行動」一九四九年三月

ルポ・東京新風俗抄

○五人の作家が交代で東京各地を探訪する「週刊サンケイ」の連続企画で、執筆メンバーは安岡章太郎・遠藤周作・吉行淳之介・庄野潤三・小沼丹。連載は一九五六年の六月から十月まで五か月ほど続き、著者は計三回分を担当した。

早慶戦　「週刊サンケイ」（サンケイ新聞出版局）一九五六年六月二十四日

○この回の慶應側は安岡章太郎が執筆。

週刊サンケイ　24

ルポ・東京新風俗抄③

早慶戦

小沼　丹（早大）・安岡　章太郎（慶大）

スタンド高く、勝利の女神

早稲田 WASEDA

テレビの早慶ブーム

「ルポ・東京新風俗抄」の連載第三回「早慶戦」より

両国の川開き　同　一九五六年八月十二日

美術の都・上野界隈　同　一九五六年九月三十日

訪問者　「日本経済新聞」一九五八年二月十七日

幸福な人　「財政」（大蔵財務協会）一九五七年十一月

○「新宿のTで見かけるMさん」についてはのちに「花束」（一九七一。『木菟燈籠』所収）として小説化された。

ベレエ帽　「ドレスメーキング」（鎌倉書房）一九五八年二月

入試採点の心境　「産経新聞夕刊」一九六〇年三月二十二日

○題字の下に以下の近況が付されている。〈著者近況　講談社から書き下しの長編推理小説を刊行することになつているので、その仕事に昨年の秋からかかっていますが、一日も早く脱稿するつもりでいます。と、大学の入試の試験官から解放された筆者はほっとした顔で近況を語った。〉

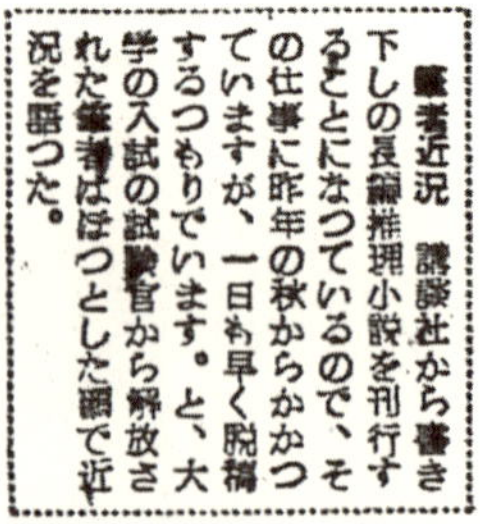
筆者近況　講談社から書き下しの長編推理小説を刊行することになっているので、その仕事に昨年の秋からかかっていますが、一日も早く脱稿するつもりでいます。と、大学の入試の試験官から解放された筆者はほっとした顔で近況を語った。

早慶戦　「風報」一九六〇年十二月

住み心地　「時の課題」（時事問題研究所）一九六一年七月

研究室　「風報」一九六一年十二月

他人の話　「ＰＨＰ」（ＰＨＰ研究所）一九六四年十二月

朝食に肉を喰ふ　「新評」（新評社）一九六七年十一月

歌ふ運転手　「毎日新聞」一九六九年四月十四日

本屋の話　「公研」一九六九年七月

素朴の趣き　「婦人之友」（婦人之友社）一九六九年九月

散歩　「公研」一九六九年十月

窓から　「公研」一九七〇年四月

床屋の話　「公研」一九七二年一月

「さ」について　「公研」一九七二年四月

間違電話　「公研」一九七五年一月

居睡　「公研」一九七五年四月

坂の途中の店　「公研」一九七六年一月
◯「坂道の途中にある店」はのちに同名短篇「坂の途中の店」（一九八〇。『山鳩』所収）に登場。

ラヂオ　「公研」一九七六年七月

巨人　「公研」一九七七年一月

珈琲　「週刊文春」一九七七年五月十二日

灰皿　「公研」一九七七年七月

名前　「公研」一九七八年四月

Ⅳ

見合ひと温泉　「温泉」（日本温泉協会）一九五六年三月

忘れ得ぬ人　「温泉」一九五八年五月

妙な旅　「温泉」一九五八年十月

自動車旅行　「プリンス」（プリンス自動車販売）一九六〇年九月
◯「自動車旅行」は著者の控え帳による題名。掲載時の見出しは「学者先生が車に乗れば　東京―神戸ドライヴ記」。本文末尾に編集部からの以下の言葉が付されている。〈筆者小沼丹氏は作家で早稲田大学文学部教授。昨年本誌に小説「不思議なシマ氏」を連載されましたので、既に読者にはお馴染のことと思います。／このユニークなドライヴ記は、去る五月二十八日、神戸外語大学で催された日本英文学会に出席されるため、同大学の倉橋健教授（運転）、鈴木幸夫教授、守屋富生教授と車に同乗、東海道をはるばる神戸までドライ

「プリンス」掲載時「学者先生が車に乗れば」の誌面より

学者先生が車に乗れば

■東京—神戸ドライヴ記■

小沼丹

ヴされたときの記録です。〉

長野行バス旅行　「世界の旅」（修道社）一九六一年十月

別所行き　「温泉」一九六二年九月

海辺の宿　「温泉」一九六四年十一月

汽車　「経済往来」（経済往来社）一九六五年一月

汽車　「公研」一九七一年一月

暑い宿屋　「温泉」一九六五年十一月

明治村と帝国ホテル　「公研」一九七〇年一月

赤とんぼ　「労働文化」一九七二年三月

どうぞ、お先に　「サンケイ新聞」一九七五年八月二十四日

○リレーコラム欄「好きなことば」の一回。

ある日　「公研」一九七二年十月

○著者は一九七二年四月より半年間、早稲田大学の在外研究員としてイギリスに渡り、約半年間、ロンドンに滞在した。その際の様子は『椋鳥日記』および『藁屋根』所収の短篇に詳しい。

お祖父さんの時計　「公研」一九七六年四月

散歩道　「公研」一九七六年十月

愛蘭海見物　「This is 読売」（読売新聞社）一九九二年十月

（幻戯書房編集部）

巻末エッセイ

或る日の思ひ出

大島一彦

或る日、授業のあと、小沼丹先生が、

「今日はまつすぐ帰るよ。原稿を書かなきやならないんだ。」

と仰有つた。当時先生は授業のある日は大概大久保のくろがね、荻窪のピカ一、三鷹のグラスゴウと順次寄道をなさつて帰るのが普通であつたから、珍しいことであつた。

「さうですか。それでは僕も今日はまつすぐ帰つて勉強することにします。」

その頃僕は中央線の武蔵境駅から出る西武多摩川線の多磨墓地前駅（今の多磨駅）の近くに住んでゐたから、帰る方向は先生と同じである。地下鉄東西線の三鷹行の車輌に先生と並んで坐つた。まだ夕方の混雑が始る前で、車内はさほど混んでゐなかつた。

このときどんな話をしたか、今から三十年以上も昔の話だから、勿論よくは憶えてゐないが、「椋鳥日記」のことがちよつと話題になつたことを憶えてゐる。この作品に平林たい子賞が与へられることに決つた直後の頃であつた。先生はそのときまでそのやうな賞のあることを御存知なく、電話で知らせを受けて感想を求められたとき、思はず「寝耳に水」と云ふ言葉を口にしてしまつたと云ふ。先生としては嬉しい驚きを表すつもりだつたが、電話を切つてから、気になるので幾つか辞書に当つてみたところ、あまり良い意味では遣はれないらしい。

「どうも『寝耳に水』はまづかつたかな。」

先生はさう呟かれた。

この作品は最初「文藝」に一挙掲載されたが、そのとき庄野潤三氏がたいへん誉めてくれた。ただ、全体に送り仮名をもう少し増やしてもいいのではないかとも云はれたらしい。それで、単行本にするとき少し増やすことにしたと云ふ。

「あれ、目次を入れるんだつたな。」

暫く沈黙があつたあと、先生がぽつりと云はれた。小沼丹には珍しい長篇小説として雑誌に一挙掲載されたため、本にするときも目次のことはすつかり失念してゐたらしい。この作品は作品の姿としては長篇小説と云ふより、八篇の短篇からなる連作短篇集の形を取つてゐるから、確かに単行本では各短篇の表題が目次に並んでゐる方がいい。僕にもそれはその方がいいやうに思はれたので、

「さうですね。その方がよかつたですね。」

と答へた。

のちに小沢書店から作品集が出たとき、このときの話を思ひ出して目次を確認したら、「ウエスト・エンド・レイン」以下八つの表題がちやんと並んでゐた。

「椋鳥日記」は出来上つて本になつてみれば賞も貰ひ、結局は先生の代表作の一つにもなつた訳だが、書上げるのに一年ぐらゐ掛つたのではなかつたかと思ふ。ロンドン滞在中に詳細な覚書は作つてをられたやうだが、大学の講義を続けながらの執筆であり、この頃判明した糖尿病から来る疲労感もあつたやうで、決して楽に進んだ仕事ではなかつたやうである。たまに僕が、お仕事の進み具合はいかがですか、と訊ねると、

「なかなか進まない。ときどき、何でこんなことを書かなければ不可ないんだと、空しくなることもあるよ。」

と、先生にしては珍しい返辞が返つて来ることもあつた。先生は譬へて云へば短距離型の作家だから、それが長距離を走ることになつてふと洩らされた感慨だつたかも知れない。

——電車は中野駅を過ぎて既に地上を走つてゐたが、やがて荻窪駅に近附いたとき、

「今何時だ?」

と先生が云つた。何時だつたか正確には憶えてゐないが、五時か五時半ぐらゐではなかつたかと思ふ。外はまだ明るかつたが、夕暮の気配が漾《ただよ》ひ始めてゐた。先生は、

「ちよつと降りよう。」

と云ふと、自ら先に立つて扉口の方へ向つた。原稿の仕事がある筈なのにいいのかなと思つたが、先生がさう云はれるのだから、ここは先生に従はざるを得ない。僕が、

「原稿の方はよろしいんですか？」

と云ふと、先生は、

「ビイルを一本だけ。ビイルを一本飲んで、鮨をちよつと摘んで、それで帰らう。」

と仰有る。

荻窪駅の北口を出て青梅街道を渡り、教会通りに入つて鮨屋のピカ一に行くと、客は一人もをらず、主人夫婦がカウンタア席の奥の方に仲好く並んで坐り、上の方に取附けてあるテレヴィジョンを見上げてゐた。我我が入つて行くと、二人は立上つて、主人が、いらつしやい、と云ひ、お内儀さんが、あら、今日は珍しくお早いですね、と云つた。いつもだとピカ一へはくろがねのあと夜も大分更けてから来るから、確かに珍しい。僕も外が明るいうちに先生とピカ一のカウンタアに向つたのはあとにも先にもこのときだけだつたやうな気がする。

先生はカウンタアに向ふと、出された手拭きを使ひながら、今日は仕事があるから早く帰る、七時には帰る、とカウンタアの中に立つた主人に云つた。ビイルが来たので、僕が先生のコップにお注ぎすると、先生も、最初の一杯だけ、と云つて、僕のコップに注いで下さつた。先生とお酒を飲むときは、ビイルでも清酒でも注ぎ合ふのは最初の一回だけで、あとは

各自勝手に手酌で飲む。よく返盃と云つて、自分が口を附けた盃を相手に持たせて半ば強引に飲ませるやり方があるが、僕はこれが苦手で、先生の場合それは一切なかつたから有難かつた。序でに云ふと、先生は徳利を振ることを嫌はれた。よく中身が残つてゐるかどうか確めるために徳利を持上げて振る人がゐるが、あれは品がないから止めた方がいいと、或るとき云はれたことがある。酒が残つてゐるかどうかは徳利をそつと持上げただけで判るやうにならなければ不可ないと云ふのである。

　鮨を握つてもらふとき、先生はとろと穴子と海胆《うに》、僕は赤身と烏賊と小鰭《こはだ》を頼んだ。こんなことをなぜ憶えてゐるかと云ふと、あまりにも鮨の好みが対照的なのでひどく印象的だつたからである。先生は食べ物では鰻や牛肉や豚カツなど概して味の濃い、カロリイ価の高いものがお好きで、生野菜は苦手であつた。これは多分若い頃に肺結核を患つたことが大きかつたのかも知れない。手術を拒み、一年間安静にして薬と栄養価の高い食物だけで治されたさうだから、そのとき馴染んだ味覚が習ひ性となつたことは考へられる。その結果晩年は糖尿病に悩まされることになつたのだから、皮肉と云へば皮肉である。尤も糖尿病に関しては遺伝的な要素もあつたやうで、「これは遺伝なんだよ」と、或るときぽつりと云はれたことがあつた。何れにせよ、先生はその生涯に昭和前期と昭和後期の二大疾病を両方とも患つた訳だが、その言動には病気を気にしてくよくよするやうなところは全然なかつた。後年、先

生は六十代の後半に心筋梗塞で入院なさつたが、僕が驚いて見舞に伺つたときも、先生の第一声は、

「うん。何だか、死ななくてもよかつたらしいよ。」

と云ふものであつた。

——そろそろ七時になるので、僕がさう申し上げると、先生は、

「ん？　さうか。」

と仰有つたが、腰を上げる気配はない。ビイルは既に三本空になつてゐる。先生が二本目を註文したとき、僕が、

「先生、一本だけぢやなかつたんですか？」

と云ふと、先生は、

「ん？　あれはそれぞれ一本づつと云ふ意味だ。」

と仰有つた。三本目を註文するときは、僕は何も云はなかつた。先生も特に理由を附けなかつた。

先生は七時と聞いて、カウンタア席の背後の壁に掛つた時計を見上げ、それから正面を向いてちよつと考へてゐたが、

「どうだ？　お銚子を一本づつ追加して、それで帰らう。なに、帰つたらすぐに風呂に入つ

て酒気を醒して一休みすれば大丈夫だ。」

と云つた。先生がさう仰有るのだから、僕に異存のある筈はない。当時先生は深夜に明け方近くまで仕事をなさつてゐたから、その計算で大丈夫と判断なさつたのであらう。そのうちに先生が、

「ピカ一、最近将棋の方はどうだい?」

と云つて、ピカ一の主人と将棋の話を始めた。僕は将棋の方はまつたく駄目なので、一人黙つて飲みながら二人の話に耳を傾けてゐた。のちに僕は碁に少し興味を持つてたまに先生に教へて頂いたが、先生から「お前のはゴとは云はないの。レイ・コムマ・ゴと云ふの」と云はれる程度だつたから、全然お話にならなかつた。先生は将棋と碁の両方を嗜まれたが、将棋の方が強かつた。将棋は四段だと伺つた記憶がある。碁の方はどのぐらゐであつたか。はつきりとは判らないが、二段ぐらゐではなかつたか。因みに、先生の師である井伏鱒二氏は将棋は先生といい勝負であつたやうだが、碁は全然なさらなかつた。将棋好きは善人だが、碁の好きな人間は悪人だと仰有つてゐたらしい。

「さう云へば、このあひだ、井伏先生が見えましたよ。」

とピカ一の主人が云つた。

「さうかい。お一人で?」

「いえ、お連れの方が二、三人おいででした。」

何でも都心の方で会があつて、その帰り途だつたやうで、ピカ一のお内儀さんが、にこにこしながら、

「何ですか、随分と御機嫌がよろしくて、お連れの方が先にお帰りになつても、一人去り、二人去り、近藤勇はただ一人、とか仰有つて、暫くお一人で残つておいででした。」

と云つた。

「さうか。近藤勇が出たか。はつはつはつはつ……」

と先生が笑はれた。

井伏氏が編輯者など何人かの人達と夜晩くまで飲んでゐて、連れの人達が終電車その他の理由で先に帰つて行くと、憮然として、一人去り二人去り云云の台詞を呟くことは小沼先生も何回か随筆に書いてをられるが、なぜ近藤勇が出て来るのかは判らなかつたらしい。或る先輩から、さう云ふことはちやんと確めておかなくては駄目ではないかと云はれたこともあつたらしいが、先生としては直接井伏氏に伺ふのは躇はれたのか、或は伺つても井伏氏がとぼけて答へられなかつたのか、どちらかであらう。

これは今から二、三年前、井伏氏も小沼先生も亡くなられて何年も経つてからだが、或る日何気なくテレヴィジョンを点けると、大分古呆けた時代劇映画をやつてゐた。黒白の画面

に絶えず雨が降つてゐるやうな無声映画で、ときどき映像が切れて画面に語りや台詞だけが出る。題名は判らないが、鞍馬天狗が出て来るので暫く観てゐたら、一人の侍が畑中だか土手上だかの一本道を向うへ歩いて行く場面があつて、そのとき、一人去り、二人去り、近藤勇はただ一人、と云ふ語りの文句が画面に出たのである。僕は、ああ、これだ、と思はず膝を打つた。昔、井伏氏がまだ若い頃、もしや氏はこの映画を観て、この文句が心に残つたのではあるまいか。氏は若い頃なかなかすぐには文壇に出ることが出来ず、孤独な日日を過されてゐたさうだから、この文句が妙に胸に沁みたのかも知れない。或は昭和初年の頃、文学仲間の多くが左傾して行く中で、氏は孤独に耐へて踏留まつたらしいので、その辺の事情とも関はりがあるかも知れない。さう思つたら、一刻も早く小沼先生に知らせたかつたが、先生はもうこの世の人ではないのだから、何とも残念でならなかつた。（因みに、ピカ一夫婦も今はもうこの世にゐない。）

　将棋の話やら井伏鱒二の話やらで、いつしか話は佳境に入り、ふと気が附くと時計は既に八時半を廻つてゐる。お銚子もそれぞれ二本づつ空になつてをり、先生も大分赤い顔をなさつてゐる。僕が先生と初めてお酒を飲み始めた頃は、先生はいくら飲んでも顔色は変らなかつたが、糖尿病の薬を嚥み始めてからは、お酒を飲み始めて暫くすると顔に赤味がさすやうになつた。弾む話の切れ目を捉へて僕が、

「先生、八時半を過ぎてますけど……」

と云ふと、先生は、

「ん？　さうか。」

と云つて、再びちよつと考へてゐたが、

「ぢや、もう一本貰はう。」

と云ひ出された。僕が、

「よろしいんですか？」

と云ふと、先生は、

「もうかうなつたら、今さら帰つても無駄だ。時間は気にしなくていい。なに、原稿は何とかなる。」

と仰有る。どんな風に「何とかなる」のか僕には想像もつかなかつたが、この一言で僕の気持が楽になつたことは確かである。その後先生はウヰスキイの水割を飲まれ、ピカ一を出たのは十時半頃であつた。先生は、どうせこのまま帰つても何も出来ないから、と仰有つて、そのあと三鷹のパブ、グラスゴウにも廻つたから、結局、この日の先生の帰宅は午前様であつた。


（「CABIN」第十一号・二〇〇九年三月より転載）

小沼丹（おぬま・たん）一九一八年、東京生まれ。一九四二年、早稲田大学を繰り上げ卒業。井伏鱒二に師事。高校教員を経て、一九五八年より早稲田大学英文科教授。一九七〇年、『懐中時計』で読売文学賞、一九七五年、『椋鳥日記』で平林たい子文学賞を受賞。一九八九年、日本芸術院会員。他の著作として短篇集に『白孔雀のいるホテル』、『風光る丘』、『不思議なソオダ水』などが、また著作集に『小沼丹作品集』（全五巻）、『小沼丹全集』（全四巻＋補巻）、『小沼丹未刊行少年少女小説集』（全二冊・小社刊）がある。一九九六年、肺炎により死去。海外文学の素養と私小説の伝統を兼ね備えた、洒脱でユーモラスな筆致が没後も読者を獲得し続けている。

銀河叢書

ミス・ダニエルズの追想

二〇一八年十一月九日　第一刷発行

著　者　小沼　丹
発行者　田尻　勉
発行所　幻戯書房
郵便番号一〇一―〇〇五二
東京都千代田区神田小川町三―十二
岩崎ビル二階
TEL　〇三（五二八三）三九三四
FAX　〇三（五二八三）三九三五
URL　http://www.genki-shobou.co.jp/
印刷・製本　精興社

ISBN978-4-86488-156-2　C0395

✿「銀河叢書」刊行にあたって

敗戦から七十年が過ぎ、その時を身に沁みて知る人びとは減じ、日々生み出される膨大な言葉も、すぐに消費されています。人も言葉も、忘れ去られるスピードが加速するなか、歴史に対して素直に向き合う姿勢が、疎かにされています。そこにあるのは、より近く、より速くという他者への不寛容で、遠くから確かめるゆとりも、想像するやさしさも削がれています。

長いものに巻かれていれば、思考を停止させていても、居心地はいいことでしょう。

しかし、その儚さを見抜き、伝えようとする者は、居場所を追われることになりかねません。

自由とは、他者との関係において現実のものとなります。

いろいろな個人の、さまざまな生のあり方を、社会へひろげてゆきたい。読者が素直になれる、そんな言葉を、ささやかながら後世へ継いでゆきたい。

星が光年を超えて地上を照らすように、時を経たいまだからこそ輝く言葉たち。そんな叡智の数々と未来の読者が出会い、見たこともない「星座」を描く――

銀河叢書は、これまで埋もれていた、文学的想像力を刺激する作品を精選、紹介してゆきます。

初書籍化となる作品、また新しい切り口による編集や、過去と現在をつなぐ媒介としての復刊を手がけ、愛蔵したくなる造本で刊行してゆきます。